「病気の三也吉《みやきち》さんに、こんなひどいことして」

そうよ、そうよ、と女たちが声をそろえる。

「あんた、いい死に方しないよ」

「地獄に堕《お》ちるわよ」

章之介は女たちを一人一人ねめつけた。女たちがおびえ顔で目を落とす。

「借りた金を返さぬほうが、よっぽど非道だと思うがな」

あの旦那、とうしろから輝左衛門《てるざえもん》が声をかけてきた。[illegible]て、ためらう。

「もう十分ですよ」

章之介は振り返った。

「十分だって。まだ金は返してもらってないぞ」

「いえ、また出直しますよ。ですので、もうけっこうで[illegible]

「本当にいいのか」

「ええ、けっこうです」

輝左衛門が激しく首を上下させる。

章之介は輝左衛門を見つめた。こうすると、目に青い[illegible]っている。

輝左衛門がひっと喉《のど》を鳴らし、あとじさる。

「金貸しのくせに意気地がねえんだな」

章之介は薄い唇に笑みを浮かべた。

「そんな人のいいことをいってると、潰れちまうぞ。でも、おまえさんはおいらの雇い主だ。雇い主がそういうんなら、ここまでにしておこう」

二

潮が強く香っているのは、満ちてきているからかもしれない。

御牧文之介《みまきふみのすけ》は鼻をうごめかした。海苔《のり》が急に食べたくなった。今朝は朝餉《あさげ》を食してきていない。

「旦那、おなかでも痛いんですかい」

勇七《ゆうしち》にいわれ、文之介は我に返った。知らず腹をなでさすっていた。

「腹が減ってな」

勇七が目を丸くする。

「旦那、ずいぶんと肝が据わってきましたねえ。こんなときになかなかいえる台詞《せりふ》じゃないですよ」

勇七の瞳は、目の前に横たわる男に向けられている。

「俺も、少しは殺しに慣れたんだろうな」

これがいいことなのか、文之介にはわからない。少なくとも、場数を踏んできた、ということにはなるのだろうが。

「殺されたのは昨夜でしょうねえ」

勇七がつぶやく。

そうだな、と文之介は同意した。

本所松倉町《ほんじょまつくらちょう》のせまい路地だ。あたりは町屋が建てこんでいるが、長屋や一軒家が背を向け合い、ふだんはほとんど人通りがないのは、一目見てわかる。

通報が今朝になってから、というのは仕方のないことだろう。

死骸《しがい》は若い男。背中を鋭利な刃物で一突きにされている。背中からあふれ出た血が、体の脇《わき》に泥水のようにかたまっている。

五月の日が町屋の脇を抜けて、さあと射しこんできた。うつぶせている男の横顔がはっきりと見えた。目は、両方とも閉じている。

「あまり苦しんだ様子には見えねえな」

「そうですねえ」

唇《くちびる》を噛《か》み締めて勇七がうなずく。

「うしろから心の臓を一突きですかね。苦しむ間もなかったということですか」

「そういうこったな」

文之介は、額《ひたい》に浮かんだ汗を手の甲でぬぐった。

もうすぐ梅雨《つゆ》入りだろうが、今年はおそいのか、それとも空梅雨《から》なのか、雨の気配は感じられない。

太陽は夏が来たと勘ちがいしたかのように元気で、朝からかなり暑くなっている。

「旦那、先生がいらっしゃいましたよ」

勇七にいわれ、文之介は顔をあげた。

検死医師の紹徳《しょうとく》が、野次馬たちの壁を抜けてきた。うしろに、薬箱を持つ小者《こもの》がついてきている。

野次馬は、奉行所の小者たちが近づけないようにしていた。

「こちらです」

一礼して文之介は死骸を紹徳に示した。

顎《あご》を引いて、紹徳がかがみこむ。背中の傷と男の顔をじっくりとあらためる。

やがて振り仰ぐようにして文之介を見た。

「殺されたのは、昨夜の五つから八つのあいだでしょうな。命を奪ったのはこの刺し傷です。鋭利な刃物によるものですな。傷の大きさから、匕首《あいくち》ではないか、と思えます」

そうですか、と文之介はうなずいた。

「ふむ、酒が香っていますね」

紹徳は鼻をくんくんさせている。

「えっ、それがしですか。いえ、昨夜は飲んでいませんが」

紹徳が苦笑する。

「仏さんですよ」

気づかなかった。鼻はかなりきくはずなのに、迂闊《うかつ》だった。潮のにおいに負けたようだ。

「どれどれ」

文之介は死骸に顔を近づけた。はっきりとはわからなかったが、確かに酒らしいにおいが立ちのぼってきている。

「先生、これはなんですかね」

文之介は、着物の襟元に白いものが付着しているのに気づいた。男は、藍《あい》色の矢絣《やがすり》の小袖を着ている。

紹徳が指先で取り、においを嗅《か》ぐ。

「脂粉のようですね」

文之介は勇七に顔を向けた。

「ということは、飲み屋にいたんだな。酌婦がいる店だろう」

紹徳が立ちあがった。

「御牧さん、これでよろしいかな。なにかおききになりたいことは」

少し考えたが、文之介は、ございません、と答えた。

ではこれで、と会釈して紹徳が歩きだした。小者もていねいに腰をかがめてから、検死医師のあとに続いた。

ご苦労さまでした、と文之介は二人のうしろ姿に頭を下げた。勇七も同じようにしている。

紹徳と小者の姿が見えなくなってから文之介は再びしゃがみ、死骸の男の懐《ふところ》に手を入れた。

「財布、巾着《きんちゃく》といった類《たぐい》のものはねえな」

「奪われたんですかね」

「かもしれねえ。金目当ての犯行と考えていいのかな」

文之介は死骸を見つめた。

「でも、懐を狙《ねら》われるほど、いい身なりはしてねえな」

「そうですねえ。職人ですかね」

「それにしちゃあ、指がきれいだな」

ささくれだっておらず、むしろ、女のように手入れがされている。

「遊び人か。少なくとも、まともに働いていねえように見えるな」

文之介は立ちあがった。腰をのばす。

「あー、いてて。――勇七、まずは身元捜しからだな」

少し離れたところでひそひそ話をしている町役人たちに目を向ける。

「おい、ちょっと来てくれねえか」

五人の町役人がぞろぞろと近づいてきた。若い者はいない。いずれもしわ深く、頭には白髪《しらが》がのっている。

「さっきもきいたが、この仏さん、この町の者ではないんだな」

最も年かさと思える町役人が一歩出た。

「ええ、手前どもがこれまで一度も見たことのないお方です」

「だが、このあたりに土地鑑があるのはまちがいねえ。こんな細い路地、知らねえとまず入ってこられねえ」

「そうでしょうけれど、手前どもには見覚えのないお方です」

「この町には飲み屋はあるのか。特に女を置いてあるような店だ」

「女ですか」

町役人たちは顔を見合わせた。

「ありますが」

「そうか。店の名を教えてくれ」

五軒ほどの名があがり、文之介は頭に刻みつけるようにした。

「旦那、池沢《いけざわ》さまがいらっしゃいましたよ」

勇七が教える。

「ありがてえ」

文之介は出迎えた。

「ご苦労さまです」

「おう、文之介」

池沢斧之丞《おののじょう》が汗を手ぬぐいでふきながら、歩いてきた。左手には風呂敷《ふろしき》で包んだ荷物を持っている。

「それにしても暑いな。――こちらかい」

死骸に目を当て、池沢がかすかに顔をゆがめる。

「身元はまだ知れねえんだな」

「ええ。池沢さんの出番です」

池沢は奉行所内にいる同心のなかで、一番の人相書の達者といわれている。

「無駄足にならなかったか。喜んでいいのかわからねえな」

風呂敷包みを解《ほど》き、筆を取りだす。

「文之介、この仏さん、検死はすんだのか」

もう終わったことを伝えると、そうかといって池沢は死骸を仰向けにした。じっと死骸の顔を見て、矢立《やたて》の墨をつかって紙にさらさらと描いてゆく。指でまぶたを押しあげ、目の大きさを確かめている。

「ふむ、このくらいか」

首をかしげたが、筆には躊躇《ちゅうちょ》がない。名人の舞いのように、すばらしくなめらかだ。太陽が小さな雲に入り、路地が陰った。同時に池沢は筆をとめた。

「できたぞ。――この仏さんの一番目立つところは、この顎にあるほくろだな。見てみな、文之介、小さいのが三つ、縦に並んでいるぜ」

「本当ですねえ」

細筆の先でちょんちょんちょんと突いたようだ。

池沢はもう一枚人相書を描いてから、最初のを文之介に手渡した。一枚は墨が乾くのを待って、懐にたたんでしまい入れた。

「わしはこれで帰るが、いいな」

「ご苦労さまでした」

文之介は辞儀した。

「じゃあな。――勇七、文之介に力を貸してやんな」

「がんばります」

勇七が笑顔で腰を折った。

やってきたときと同じように、池沢がせわしなく汗をふきながら去ってゆく。

「勇七、はじめるか」

文之介は人相書を広げ、じっと見た。

「一所懸命調べて下手人をあげてやらなきゃ、この仏も成仏できねえだろう」

文之介は町役人に向き直った。

「遺骸はしばらく自身番《じしんばん》に置いてやってくれ。できるだけはやく身元を明かして、引き取りに来させる」

よろしく頼みます、と五人の町役人がそろって頭を下げた。

もしこのまま身元が知れないなどということになったら、死骸を葬るのはこの町の責任になる。

暑くなろうとするこの時季だ。できればそういう役は勘弁してもらいたい、とどの町役人の顔にも記してあった。

三

「ただいま戻りました」

文之介は屋敷に帰った。少し疲れている。

あのあと文之介と勇七は、本所松倉町の町役人が口にした五軒の飲み屋を調べ、さらに足をのばしていくつかの町の飲み屋を当たった。だが、人相書の男を見たという者にめぐり合うことはできなかった。

定町廻り同心の探索は空振りが常であることなど十分すぎるほどわかっているが、さすがになにも得られないと、背に徒労という重しがいくつものったような気分になる。夕餉《ゆうげ》をとり、たっぷりと睡眠を取れば、明朝はまたちがうのだろうが、今は疲れのせいで気持ちがやや落ちこんでいる。

文之介は玄関から上にあがり、廊下を進んだ。居間に入る。

お春《はる》の姿を捜す。

「おう、帰ったか」

行灯《あんどん》の下で、丈右衛門《たけえもん》が将棋盤をにらみつけている。一人でぱちりぱちりと駒を動かしていた。

「飯の支度はお春がしていってくれたぞ。さっき帰ってしまったが」

丈右衛門が持ちあげかけた駒を戻して、いった。

「文之介、おまえ、お春になにかしたのか」

台所に向かおうとしていた文之介は、ぎくりと足をとめた。

「なんだ、図星か」

丈右衛門が見つめている。深い瞳の色をしていた。

「なんだ、なにをやらかしたんだ」

「なにもしていませんよ」

実際、なにもしていない。ただ、お春にまずいところを見られただけだ。

「ふむ、噓《うそ》はついていないようだな」

「当たり前です」

台所に入り、飯とぬるい味噌《みそ》汁、海苔に梅干し、たくあんをのせた膳《ぜん》を持って居間に戻る。ふだんは台所横の部屋で食べるのだが、今日はなんとなく父のそばにいたかった。

文之介はさっそく食べはじめた。

「味噌汁はあたため直さんのか」

「面倒ですから」

「せっかくお春がつくってくれたんだ、うまいほうがよかろうに」

「これで十分うまいですよ」

文之介は、ずずっと味噌汁を飲んだ。具は豆腐にわかめだ。味噌自体にこくがあって、さめていてもとてもおいしかった。

文之介は飯をがつがつやりはじめた。

「今日、藤蔵《ふじぞう》からきいたのだが」

丈右衛門が盤面に目を落としたまま告げる。

「お春に縁談があるそうだぞ」

文之介は箸《はし》を取り落としそうになった。

「ほう、そうですか」

できるだけなにげなさを装って口にしたが、丈右衛門には心中を見抜かれている気がした。

「お春のほうが乗り気だそうだが、気にならぬのか」

「なりませんよ」

「嘘だな」

「嘘じゃありません」

文之介はむきになっていった。

丈右衛門がにっこりと笑う。我知らず引きこまれそうになる笑顔だ。

「だったら、この部屋に入ってきたとき、誰を捜していた」

将棋盤ばかり見ていると思っていたが、このあたりはさすがとしかいいようがない。

文之介はそれには答えず、味噌汁を飲んだ。さっきはうまかったのに、今は塩辛さだけが感じられた。

「それにしても文之介、どうしてお春はそんな気になったのかな。心当たりはあるのだろう」

「ありませんよ」

本当か、といわんばかりに丈右衛門にまた凝視され、文之介はあわてて顔を下に向けた。飯をひたすら食べる。

どうしてお春が縁談に乗り気になったか。

この前、お克《かつ》と抱き合っているところを見られたからだ。それ以外に考えられない。

意趣《いしゅ》返しだ。

あれ、と文之介は思った。ということは、あいつ、焼き餅《もち》焼いてるってことになるんだよな。

俺に気があるのか。

いや、そんなはずがない。いいほうに考えないほうがいいな。

「放っておくつもりか」

父の声がし、文之介は顔を向けた。

「放っておくもなにも、それがしがとめることなどできませんから」

「強がりだな。もっと自分に素直になったらどうだ」

文之介はむっとした。

「父上こそどうなのです」

「なんのことだ」

「お知佳《ちか》さんのことですよ。どうするんですか」

丈右衛門が顔をしかめ、かすかに困ったような表情を見せた。

こんなことはめったにあるわけではなく、まずいことを口にしてしまったのでは、と文之介は後悔した。

「いえ、あの、いいです」

文之介がいうと、丈右衛門は穏やかな笑みを見せた。

「気をつかわせるな。しかし文之介、わしのことなど考えずともよい。今は自分のことだけを考えろ。おまえは若いのだから」

「はあ」

「――文之介、事件があったそうだな」

丈右衛門が話題を変えるようにいった。

「もうご存じなんですか」

丈右衛門がにやりと笑う。

そのあたりの表情には、腕利きの同心だった昔が色濃くあらわれている。いや、今だって腕は衰えていないだろう。

「わしを誰だと思っている」

「奉行所内に漏らす者がいるのですか」

「人ぎきの悪いことを申すな。ただ、わしの耳に入ってくるのよ」

丈右衛門は盤面の駒を手でさらい、袋にしまった。

「殺されたのは、男だそうだな。手がかりは見つかったか」

目をなごませる。

「いや、その顔ではなにもつかめていないようだな」

この父親をごまかすことなどできない。文之介は素直に、はい、とうなずいた。

「どういう事件か、詳しく話してみんか」

「ご存じなのではないのですか」

「さすがに詳しくは知らん」

文之介は顔を引き締めた。

「いかに父上とは申せ、それはできかねます」

「そうか。そりゃそうだろうな」

丈右衛門は拍子抜けするほどあっさりといった。

「それでこそ現役の同心だ。文之介のいい分はもっともだ」

文之介は背筋をのばし、丈右衛門を見据えた。

「怖い顔をするではないか」

「父上、まさかしゃしゃり出るつもりじゃないでしょうね。隠居なのですから、慎んでください」

丈右衛門が指先で鼻の頭をつまみ、にこりとした。

「手づまりになったらいつでも申せ。力を貸そう」

四

びゅう、と音を立てて風が吹きつけてきた。

勇七はさすがに首をすくめた。

「冷てえ風だな」

文之介が空を見あげる。

「いったい今をいつだと思ってやがる。もう五月だぞ。こんなに冷たい風が吹いちゃあ、いけねえんだよ」

「でも旦那、そういうときだってときにはありますよ」

勇七はなだめたが、文之介の機嫌はおさまらない。

「うるさい」

「うるさい、ってあっしの声は渋いって、いつもほめてくれるじゃないですか」

「いつもほめてなんかいやしねえ。たまにだ」

「じゃあ黙ってますよ」

勇七は文之介の背中を見ながら歩いた。

またも風が吹きつけてくる。猛烈な土埃《つちぼこり》が顔に当たり、痛いくらいだった。

「ええい、くそっ」

文之介が怒鳴る。近くを歩いていた物売りがぎょっとしたように見る。

「梅雨の時季っていうのに、雨が降らんからこんなことになるんだ」

「いや、でも――」

「勇七、黙ってるんじゃなかったのか」

「しばらくは黙ってましたよ」

勇七は文之介の横に出た。

「でも旦那、雨が降らないことに文句つけますけど、雨が降ったら降ったで、どうしてこんなに道がぐちゃぐちゃなんだ、っていうに決まってますよ」

「勇七に俺がなにをいうか、わかるっていうのか」

「わかりますよ」

勇七はきっぱりと答えた。

「いったい、いつから一緒にいると思ってるんです」

文之介はなにもいわず、ずんずんと歩いてゆく。

「旦那、なにがあったんです」

「なにもねえよ」

「そんなことないでしょう」

「そんなこと、あるんだよ」

「あっしにもいえないんですかい」

一瞬、文之介は立ちどまった。いいかけるような顔を見せたが、すぐに歩きだし、結局は同じ言葉を口にした。

「なにもねえよ」

「そんなことないですよ」

勇七は追いすがった。

「なにかあったのは、昨夜ですね。昨日まではふつうだったんですから」

「俺はいつでもふつうだよ」

「わかりました。もうききません」

勇七は、しばらく放っておくしかないみたいだな、と思った。だいたい、もともとが明るい気性なのだ。

こんな不機嫌がいつまでも続くはずがない。きっと疲れてしまうに決まっている。

「仕事のことをききますよ。旦那、それで今日はどうするんです」

文之介は髷の横をぽりぽりとかいた。

「昨日と同じさ。仏さんの身元調べだ」

懐からだした人相書をひらひらさせた。

仕事に関しては別に不機嫌さはない。そのあたりはさすがに心得ている。

勇七はなんとなくほっとした。

二人で本所松倉町のまわりの町をめぐり、女を置いている店を当たった。

飲み屋だけでなく、春をひさぐことを商売にしている女が何人もいる、いかにも怪しげな店にも行った。

そういう店のなかには、手入れかと色めき立つところもあった。春をひさぐのを公儀は禁じているのだ。

文之介がわけを告げると、素っ気《そけ》なくはあるものの、だいたいは人相書をしっかりと見てくれた。

だが、身元につながるような手がかりは一つとして得られなかった。午前はそんな感じで終わった。

「旦那、そろそろ飯にしませんか」

勇七は誘った。

「なんだ、だらしねえな。勇七、もう腹が空いたのか」

朝方よりだいぶよくなっているが、まだ機嫌の悪さは残っている。

「ええ、かなり。だってもう九つをまわってますぜ」

「なにっ。もうそんな刻限か」

文之介が空を見る。勇七もつられた。

雲一つなく晴れ渡っている。冷たかった風も太陽が高くなってくるうちに、だいぶあたためられていた。

「ちっと仕事に精だしすぎたな」

その通りで、文之介は脇目もふらずに仕事をしていた。最近ではこういう日は珍しくなってきたが、今日に限っては、抱えている悩みを忘れたいがために仕事に集中しているように感じられた。

文之介が勇七に向き直る。

「そんなに腹が空いてるのか」

「ええ、さっきから腹の虫が鳴いてしようがないです」

「俺は減ってねえが、勇七がそんなに腹空かしているんだったら、どこかで腹ごしらえするか」

文之介は自分では意識せず、腹をなでさすっている。昨日もそうだが、空腹だとこういう癖がたまに出るのだ。

しかし、食いしん坊のくせに腹が減っていないなどといい張るのは、やはりよほどのことがあったのだ。

「あっしのせいで貴重なときをつかわして、すみませんねえ」

「いいってことよ。気にすんな」

文之介があたりを見まわす。

「それで勇七、このあたりでいい店、知っているのか」

今いるのは北本所荒井町《あらいちょう》だ。

「ええ、ありますよ。旦那、なにか食べたいものはありますかい」

「俺は腹が減ってねえんだ。勇七の食いたいものでいい」

「わかりました。じゃあ、魚にしましょう」

勇七は先導するように歩きだした。

着いたのは南本所荒井町で、北本所荒井町から一町ほど南にくだった場所だ。

「ここにしましょう」

一膳飯屋である。飯、と看板に出ている。路上に四つの長床机《しょうぎ》が置かれ、四つとも町人たちで一杯だ。

「この店はなんていうんだ」

店先に漂い出ているにおいを嗅いで、文之介が問う。このあたりはさすがで、においだけで店のよさをさとったようだ。

「看板には書いてありませんが、魚弓《うおきゅう》というんですよ」

勇七はどんな字を当てるか、教えた。

「なんで弓なんだ」

「あるじが弓太郎《きゅうたろう》さんなんですよ」

「ふーん、そういうことか」

文之介は勇七より先に暖簾《のれん》をくぐり、ずんずんと奥のほうに進んでいった。

二十畳ほどの座敷には十名以上の客がいた。誰もが、がつがつと飯茶碗《めしぢゃわん》を抱えこむようにして食っている。

文之介が座敷のまんなかに座りこみ、勇七を手招いた。

勇七は文之介の前に正座した。

「なにがうまいんだ」

顔をくっつけるようにしてきく。

「魚ならなんでもうまいですけどね、今の時季なら鯵《あじ》でしょうか」

「鯵か、いいな」

文之介は舌なめずりしている。それだけでなく、うまい飯にありつけそうなのがうれしくて、頬をゆるませている。

この調子なら、なにがあったのか今日中にきっときだせるだろう。

「じゃあ、鰺でいいですか。叩きと刺身が一緒になったやつを頼みますよ」

「勇七が食いてえんなら、そいつでいいよ」

勇七は、茶を持ってきてくれた小女《こおんな》に注文した。小女は注文を通しに厨房《ちゅうぼう》のほうに去っていった。

「なかなかかわいい娘《こ》じゃねえか」

そんなことをいいながらも、文之介の目はどこかうつろだ。なにか別なことを考えている。

「まあ、そうですね」

勇七が言葉少なく答えると、文之介がぼんやりした目を投げてきた。

「でも、おめえは昔のお克がいいんだよな」

「ええ」

勇七はうなずいた。それが目に入っていない様子で、はあ、と文之介がため息をついた。

「それにしても、どうしてあんなところにあらわれやがんだ。……間が悪すぎるぞ」

「あんなところに誰があらわれたんです」

文之介が顔をあげる。

「そんなこと、いってねえよ」

ぷいと横を向いた。

そんな仕草は、子供の頃と同じだ。いつまでも変わりゃあしねえな、と勇七にはそれがうれしくてならない。

でも、まだはやかったようだな。

勇七は手をのばし、茶を飲んだ。いい茶ではないが、渇いた喉には心地よい。

勇七が茶を空にしたとき、小女が膳を二つ持ってきた。

「お待たせしました」

二人の前にていねいに置く。

「ありがとう」

勇七は小女に礼をいった。

明るい笑顔を残して、小女が去ろうとした。きゃあ、と悲鳴があがる。

驚いて見ると、文之介が小女の尻をさわっていた。

「旦那っ、なにしてるんです」

小女はびっくりして文之介を見たが、慣れっこなのか、なにもいわずにすぐにその場を立ち去った。

「旦那、本当にどうしちまったんです」

勇七はきつい調子で問いかけたが、文之介はぼうっとしている。心ここにあらず、といった感じだ。

「この頃はおさまっている、と思っていたのに」

まわりの客も、定町廻り同心がなんてことしやがんだい、という目で見ている。

文之介がうなだれ、箸を取った。静かに食べはじめる。

勇七も丼を手にし、鯵の叩きと刺身を口に持っていった。

だが、脂がほどよくのって美味なはずの鯵の味は、さっぱりわからなかった。

そそくさと魚弓を出る。

それから二人はききこみを行ったが、これという収穫はあげられなかった。

文之介は熱心な仕事ぶりだったが、どこか集中できていないようだった。一心不乱、という言葉がぴったりだった午前とは、かなり異なる。

七つをすぎた頃、文之介が、どこかで一休みしねえか、といった。

声に元気がない。疲れが見えている。

「いいですよ。お茶でも飲みますか」

二人は北本所表町《おもてちょう》の茶店に入り、赤い毛氈《もうせん》が敷かれた縁台に腰かけた。

上野伊勢崎《こうずけいせさき》で二万石を食《は》む、酒井《さかい》家の下屋敷の塀がすぐそばに見えている。塀の向こうの庭は鮮やかな緑が一杯で、目にまぶしい。

勇七は風にはためく幟《のぼり》に目をやった。

「饅頭《まんじゆう》がうまいみたいですよ。小腹が空いたでしょう。食べてみますか」

「甘いものはきらいだ」

「そんなこと、ないでしょう。目がないほうでしょうに」

「勇七の勘ちがいだ」

「じゃあ、茶だけでいいですか」

「勇七、おめえは饅頭、頼め」

勇七は、前垂れをつけた茶店の小女に注文した。

去ってゆく小女を文之介がじっと見ている。

「旦那、さっきみたいなこと、やめてくださいよ」

文之介がはっとする。

「わかってるよ」

お待たせしました。さっきの小女が茶と饅頭の皿を置いてゆく。

勇七は、文之介が手をのばしたのを見た。さえぎろうとしたが、文之介のほうがはやかった。

きゃっ。小さな声があがり、小女が振り向いた。さっと手を振りかぶる。ばしん、と音がした。

文之介の姿が一瞬にして消えた。縁台の下に転がり落ちていた。

それには小女のほうがびっくりしていた。

「大丈夫ですか」

縁台をまわりこみ、文之介を抱き起こそうとした。

また、きゃっ、と声がした。小女が立ちあがる。尻を手で押さえている。

「すまねえな」

勇七は小女に謝った。

「ちょっと病《やまい》なんだ。もういいから、向こうに行っててくれねえか」

頬をふくらませた小女が奥のほうに向かう。厨房のほうから出てきた店主に事情を説明しはじめた。

店主は、文之介たちを奉行所の者と認めて、大丈夫かと案ずる顔をしている。

勇七はにこやかな笑みをつくり、なんでもない、というふうに伝えた。店主は安心したように一礼し、厨房に戻っていった。

勇七は文之介を立ちあがらせ、縁台に座らせた。

「旦那、いったいどうしちまったんです」

勇七は文之介の横に腰をおろした。

「こうなったら教えてもらうまで、ここを動きませんからね」

「教えなかったら、殴るのか」

文之介がつぶやくようにいう。

「殴りゃあしませんよ。あっしが旦那を殴るのは、よほどのことがあったときに限りますから」

文之介はふっと息を漏らした。

「よっぽどのことがあれば、殴るんだな」

「あっしとしては旦那を殴りたくて殴っているわけじゃないですよ」

勇七はいったが、文之介にはほとんどきこえていないようだ。

五

冷たかった風はやんでいる。

丈右衛門は足をとめ、初夏らしい色を帯びはじめた空を見あげた。

雲はほとんどなく、青さだけが際立っている。その場で思いきり跳んだら、体が吸いこまれてしまうのでは、と思えるほどの青さだ。

どこか江戸の空ではないような気がした。丈右衛門自身、これまで江戸を離れたことは一度もないが、これだけ青いのははじめて見る気もする。

いや、そうではないのかもしれない。現役の頃は、あまり空を見あげる余裕もなかったのではないか。

余裕か、と丈右衛門は独りごちて再び歩を進めだした。

しゃしゃり出ないでください。

文之介にいわれたからといって、黙っているつもりはなかった。

今の文之介ならまかせておいても大丈夫だろう、という気持ちはあるが、お春の縁談をきかされた今、まともに仕事ができる状態であるはずがないのだ。

丈右衛門自身、今は探索をしてみたいという強い気持ちがある。

この気持ちは本当の気持ちをはぐらかすものでしかないのはわかっていたが、今は探索という、若い頃からなじみきったことに身を投じたかった。

しかし探索をしたところで、お知佳への気持ちはごまかすことなどできない。おそらく、と丈右衛門は思った。文之介もお春のことを考えないようにしつつ、仕事に励んでいるはずだ。

丈右衛門は苦笑を漏らした。

似たもの父子《おやこ》なんだな。

昼どきで腹が空いていたが、それを無視して丈右衛門は歩き続けた。

見えてきたのは、数寄屋橋門《すきやばしもん》だ。

丈右衛門は、数寄屋橋門そばの建物の前に立った。

なつかしさを覚える。そんなに来なかったわけではないが、熱いものが胸にこみあげてきた。

国持大名と同じ格式の表門は、大門《おおもん》と呼ばれている。日中はずっとあいている。

二人の門衛がいたが、くぐるとき誰何《すいか》はされなかった。二人とも丈右衛門のことを覚えてくれており、会釈とともに親しみをこめた笑みを送ってくれた。

玄関に続く石畳を進む。

式台の前で足をとめ、目の前の廊下を通りかかった小者らしい男に、桑木又兵衛《くわきまたべえ》に会いたい旨を告げた。

その小者も丈右衛門のことは脳裏に刻まれていたようで、おっという顔で目をみはると、少々お待ちください、と去っていった。

待たされることなく小者が戻ってきて、どうぞおあがりください、といった。

丈右衛門は式台にあがり、小者のあとについて廊下を歩いた。勝手知ったる建物だけに案内は必要なかったが、現役を退いた今、そういうわけにはいかない。

又兵衛の与力《よりき》部屋の前で小者が敷居際に膝《ひざ》をつき、襖《ふすま》越しに声をかける。

丈右衛門はなかに入れられた。又兵衛の文机《ふづくえ》の前に正座する。

襖をていねいに閉めた小者が去ると、又兵衛が口をひらいた。

「なんの用だか知らんが、まずは膝を崩してくれ」

「いや、そういうわけにはいかん」

丈右衛門は固辞した。

「飲み屋と一緒というわけにはいかんか」

「そういうことだ」

又兵衛が苦笑いをする。

「言葉づかいはいつもと同じなんだな」

「お望みならそれらしい言葉をつかってもよいが、おまえさんがいやがるだろう」

「その通りだ。丈右衛門にていねいな言葉つかわれたら、尻がむずがゆくなっていけねえや」

又兵衛が背筋をのばす。

「それで」

「おまえさんの顔を見に来たんだ。ちょっと近くに来たものでな」

「嘘つけ」

又兵衛が笑っていう。

「おぬしがそんなたまか。なにかあったんだな。しばらくおとなしくしていたのに、どういう風の吹きまわしだ」

「お見通しか」

丈右衛門は文之介のことを告げた。

「へえ、お春に縁談ねえ。それで文之介の仕事ぶりが甘くなると。ふむ、なるほど、そういうことか」

又兵衛が見つめてきた。

「しかし甘いのは文之介だけじゃないいな。おぬし、いつからそんなに文之介に甘くなったんだ」

又兵衛が凝視する。

「文之介のことはいいわけじゃないのか。実は、おぬしのほうになにかあるんじゃないのか」

「なにもないさ」

かわすようにいったが、長いつき合いだ。又兵衛をごまかすことなどできるはずがない。

ただし、又兵衛はそれ以上触れようとはしなかった。

丈右衛門は身を乗りだした。

「事件のあらましを教えてくれんか」

「どうするかな。そんなことをしたのが知れたら、現役の連中はおもしろくない、と思うだろう」

「それはわかる。わしが同じことをされたら、やはりおもしろくないと思うはずだ」

「そこまでわかっているのに、今度の事件のことを知りたいわけか。丈右衛門、本当になにがあった」

「なにもない」

「あくまでもしらを切るつもりか」

「おまえさんがいつまでもこだわるのなら、わしもいうぞ」

又兵衛がぎくりとする。

「なんのことだ」

「一緒に歩いていた年増《としま》のことだ。歳《とし》の頃は二十五、六。あれは誰だ」

「わかった。もうきかん」

丈右衛門はにっこりと笑った。

「はやいところ、事件のことをきかせてほしいな」

「まったくおまえさんにはかなわんな」

いまいましげに舌打ちし、又兵衛は語りだした。もっとも目は笑っている。

「おおよそはこんなところだ。まだ身元すらわかっておらん」

「仏さんの人相書は」

「こいつだ」

又兵衛が文机のなかから取りだした。

丈右衛門は、手渡された人相書に目を落とした。

「ふむ、顎に三つのほくろか。こいつが一番目立つか。ふむ、手数をかけた。これ、もらっておいていいか」

礼をいって丈右衛門は立ちあがった。

又兵衛が見あげる。

「うまくやってくれよ。文之介だけでなく、ほかの者たちにもくれぐれも気づかれんようにしてくれ」

「まかせてくれ」

丈右衛門は笑顔で返した。

六

誰かが呼んでいる。

文之介はそれを夢うつつできいた。
あれ。本当に、俺を呼んでいるんじゃないのか。
文之介は目覚めた。
いっけねえ。
障子の明るさからして、日は高い。寝すごした。
昨夜、寝床で悶々《もんもん》としていたつけだ。
まずいぞ。又兵衛の怖い顔が目に浮かぶ。あわてて立ちあがり、着替えようとした。
あっ。そうだ。
文之介は、安堵《あんど》と喜びとともに布団に倒れこんだ。今日は非番だ。
ああ、よかった。
もう少し寝ようか。目をつむる。
また声がした。子供たちの声だ。
文之介は立ちあがり、庭に面した座敷に行った。障子をひらき、縁側に出る。
仙太《せんた》や寛助《かんすけ》をはじめとする子供たちがいた。進吉《しんきち》もいる。
この子らは、箱崎町《はこざきちょう》一丁目にある三月庵《みつきあん》に通う手習子《てならいこ》だ。
「文之介の兄ちゃん、おはよう」
子供たちが口々にいう。おはよう、と返して文之介は縁側に座りこんだ。

「おめえら、ずいぶんはええな。今何刻《なんどき》だ」

「四つを少しまわったところだよ」

仙太が答える。

「文之介の兄ちゃん、疲れた顔してるね。仕事がうまくいってないの」

「仕事なんていつもうまくいってねえよ」

「じゃあ、女の人」

「ほう、鋭いな」

「また袖にされたの」

「また、とかいうな。袖にされたわけじゃねえが、まずいことになりそうだ」

「ふーん、どういうふうに」

文之介はお春の縁談のことを話しだしそうになって、あわてて口を閉じた。

「仙太、おまえ、人から言葉を引きだすのがなかなか上手だな」

そういいながら文之介はふと気づいた。

「あれ、一人多いな」

新顔らしい男の子に目をとめる。

「こいつ、重助《じゅうすけ》っていうんだ。最近、越してきたんだよ」

よろしくな、といって文之介は名乗った。重助はにこっと笑い、小さな声で、はじめまして、と頭を下げた。

声も小さいが、体も小さい。仙太たちより一つ二つ下のようだ。

「それにしても仙太、重助と仲よくしてやっているんだな。新しく越してきた子に、親切にしてやるのはとてもいいことだぞ」

「わかってるよ。相手の立場になって、物事を考えればいいんだよね」

「そういうことだ。――あれ、仙太、いつそんなこと覚えたんだ」

「お師匠さんだよ」

「弥生《やよい》ちゃんか。久しく会ってねえが、元気にしているのか」

仙太たちはちょっと顔を暗くした。

「そんなのはどうでもいいじゃない。はやく遊びに行こうよ」

「おまえらの大好きなお師匠さんのことだぞ。どうでもいいってことはねえだろう」

「そうなんだけどね。先に遊びに行こうよ」

「よし、あとで話は必ずきくからな」

文之介は、全部で八人の子供たちといつもの原っぱに向かった。行徳河岸《ぎょうとくがし》の北側に建つ尾張《おわり》拝領屋敷のそばだ。

広々とした原っぱは風が吹き渡っている。緑色を濃くした草が風に打たれ、波打っていた。

「よし、まずはなにをする」

文之介がきくと、あらかじめ決めてあったようで、鬼ごっこ、と子供たちは声をそろえた。

「よし、俺が鬼でいいんだな。いいか、原っぱから出ちゃなんねえんだぞ」

「わかってるよ。はやくはじめようよ」

「行くぞっ」

文之介が大声を発すると同時に、子供たちは四方に逃げはじめた。

文之介は手に唾《つば》してから、追いかけだした。

相手が八人というのはかなりつらいものがあった。子供たちは日一日と成長し、さらに足がはやくなっている。

しかし、本当の下手人たちの逃げ足はこんなものではないはずだ。

八人の子供くらいあっという間にとらえられなければ、同心をやっている資格などない。

文之介は必死に子供たちを追った。すぐに汗みどろになったが、そうしているあいだはお春のことは忘れられた。

四半刻《しはんとき》以上かかって、ようやく八人すべてをとらえた。

文之介は肩で息をしている。子供たちは息こそ荒いものの、平然としている。

「よし、鬼ごっこはこれで終わりだな。次はなんだ」

子供たちが口にしたのは剣術ごっこだった。

「よし、やるか」

文之介は一本の棒きれを手にした。子供たちはすでに構えている。

「ちょっと待て。一人くれ」

「誰がいいの」

「誰でもいいが、仙太、おめえは駄目だ。裏切るからな」

以前、背後を守ってもらうために貼《は》りつかせたが、寝返りされて思いきり棒きれを振るわれた。

「ずっと俺の味方をしてくれる子がいいな」

文之介は子供たちを見渡した。目が合った子がいた。

「重助、おめえにしよう」

文之介は重助と同じ目の高さになった。

「いいか、俺の背中から離れるな。そうすれば、きっと勝てるからな」

黒目がずいぶんと大きな子だ。ただ、子供らしくない暗さが表情にあることに、文之介は気づいた。

悩みごとでもあるのかな。

「頼んだぞ」

文之介が強くいうと、重助は唇をかたく引き結んで、うなずいた。

文之介は棒きれを構えた。七人の子供が文之介たちを取り囲む。

「みんな、ちゃんと覚えてるな」

仙太が六人に声をかける。おう、と子供たちが鬨《とき》のような声をあげる。

「必ず勝てる。よし、行くぞ」

仙太の合図で子供たちが殺到してきた。

また策を考えてあるようだ。おもしろい。どういう手が用意されているのか、文之介はじっくりと見定めてやる気になった。

だが、仙太たちはただふつうに打ちこんでくるだけだ。

重助は必死に奮戦している。もともと仙太たちは本気で打とうとしていないが、重助は一所懸命に棒きれをはねのけている。

子供たちに疲れはなく、文之介はじりじりと押された。

むろん、本気でやれば仙太たちなど相手ではないが、そこまでやるわけにはいかない。

本気でやっていると見せて、子供たちを疲れさせてしまうのが最もうまい方法だが、今日の仙太たちはこれまでと気合の入れ方がちがうようだ。

文之介は、仙太たちの思う通りに動かされているような気になってきた。そう、仙太たちは誘い導こうとしている。

どういうことだ。

文之介は考え、ある光景を思いだした。そういえばこいつら、鬼ごっこのとき、こっちのほうに逃げてこなかったな。

ということは――。

まずい。同時に右足がずぼん、と土にはまった。

落とし穴は深くはなく、せいぜい一尺といったところだが、文之介の体勢を崩すのには十分すぎるほどだ。

文之介はだらしなく尻餅をついた。そこに棒きれの雨が降り注いだ。

顔と頭は打たないという約束だからよかったが、肩や背中に容赦ない打撃が加えられた。あまりの痛みに文之介は悲鳴をあげた。まったく抵抗ができない。

「まいった、まいった。もうやめてくれ」

棒きれを放りだし、文之介は手を合わせて懇願した。

それでようやく棒きれの雨はやんだ。

文之介はばたりと仰向けに倒れこんだ。

「くっそー、やられた」

頭をかいて上体を起きあがらせる。

「いつの間にあんな穴、用意していたんだ」

「昨日」

仙太がこともなげにいう。

「手習が終わったあと、掘っておいたんだ」

「なんとも手まわしのいいこったな」

文之介は重助に腕をのばした。頭をなでさする。

「おめえはよくがんばってくれたよ。ありがとうな」

重助がはにかむように笑った。

文之介は痛いところをなでさすった。

「大丈夫」

心配そうに進吉がきく。

「ああ、なんとかな」

文之介はよろよろと立ちあがった。

「腹が減ったな」

子供たちを見まわす。

「なにか食いに行くか」

やったー、と子供たちが歓声をあげる。その笑顔を見て、文之介もうれしくなった。

「なにがいいんだ」

「天麩羅蕎麦《てんぷらそば》」

「またそれか。おめえらの舌はまったく成長がねえな」

「でもあそこの蕎麦、うまいんだもん」

保太郎《やすたろう》がいう。

「それに文之介の兄ちゃんしか、あそこの蕎麦切り、食べさせてくれないからね」

寛助が続けた。

「どうしてだ」

「だっておいらたちの親の稼ぎじゃ、天麩羅蕎麦は無理だよ」

「そうだよ。いつもろくな物、食わせてくれないんだもん」

「おまえら、贅沢《ぜいたく》いうな。育ててもらってるだけですごいことなんだぞ」

「そうなんだろうけどさ、子供だってたまにはおいしい物を食べたいんだよ」

仙太が結論づけるように口にした。

蕎麦屋は玉乃屋《たまのや》といい、文之介も子供の頃から何度も通っている。

「いらっしゃい」

女将《おかみ》があたたかな笑みで迎えてくれる。

「二階にどうぞ」

文之介は九つの天麩羅蕎麦を頼んでから、誰もいない座敷にあがりこんだ。

「おめえら、人がいないからって暴れんじゃねえぞ。そんなことしたら、食わずに帰るからな」

子供たちは、はーい、と答えた。

女将が茶を持ってやってきた。

「あら、みんな、今日はおとなしいのねえ」

「暴れると、蕎麦切りが食べられなくなるんだよ」

仙太が説明する。

そうなの。女将は笑いながら、茶を配ってゆく。

「うちの人、一所懸命つくっているから、ちょっと待っててね」

とんとんと小気味いい足音をさせて、女将が階段をおりていった。

「しかしおめえら、ずいぶんとききわけがよくなったな。お師匠さんのおかげか」

「そうかもね」

代表して仙太が答える。

「それで弥生ちゃん、どうかしたのか」

子供たちの顔が暗くなる。

「ここしばらく元気がないんだよ」

仙太が決意したようにいった。

「どうして。心当たりは」

「それがよくわからないんだよ」

次郎造《じろぞう》がため息をつきたげな顔をする。

「きいたんだけどね、話してくれないんだ」

「そうか。食ったら行ってみるか」

太吉《たきち》が期待のこもった瞳をする。

「そうだね。文之介の兄ちゃんなら、なにか話してくれるかもしれない」

「どうかなあ」

仙太が猜疑《さいぎ》の目を向けてきた。

「勇七の兄ちゃんならともかく、お師匠さん、文之介の兄ちゃんなんか目に入ってないからなあ」

「なんか、ってなんだ。おめえ、はっきりいいやがんな」

でも仙太のいう通りかもしれねえな、と文之介は思った。

いや、待て。

これでも同心の端くれだ。会わぬうちから弱気になってはいかんぞ。

ごま油がよくきいた天麩羅がどっさりとのった蕎麦を、ふうふういいながらたいらげたあと、文之介は子供たちと一緒に手習所の三月庵に足を運んだ。

「お師匠さーん」

庭に入りこんで、子供たちが声をだす。

障子がひらいて、弥生が顔をだした。縁側に立つ。

「どうしたの、みんなそろって」

文之介に気づき、挨拶《あいさつ》する。うれしそうな目で文之介のうしろに目をやる。

文之介は一歩前に出た。

「すまねえな。今日は非番なんで、一人なんだ」

「そうですか」

そういう声に確かに元気はない。顔にもつやが感じられない。

「子供たちがさ、お師匠さんが元気がないって心配してるんだ。それで、どうかしたのかって思って来てみたんだ」

文之介は弥生を見つめた。

「心配ごとがあるならきくぞ」

「いえ、いいんです」

弥生は静かに首を振った。

「厄介ごとを抱えているんじゃないのか」

「そんなことはありません」

きっぱりといった。

「勇七さんは元気にしてらっしゃいますか」

「ああ、とてもな」

「今日はなにをしてらっしゃるんです」

「さあ。最近、非番の日は一緒にいたことがないものでな」

「そうですか」

やはり勇七になら話すかもしれんな、と文之介は思った。

仕方がない、おもしろくないが、今度連れてこよう、と決意した。

七

多分、お春ちゃんのことだろう。勇七には見当がついている。

文之介があんなふうになってしまうのは、ほかに思いつかない。

もう昼はすぎている。この刻限にお春がいるかどうかわからないが、いなかったらいなかったで仕方がない。

三増屋《みますや》に近づくにつれ、醤油《しょうゆ》と味噌のにおいが強まった。

勇七はなつかしさに包まれた。子供の頃、ほぼ毎日嗅いでいたにおいだ。大人になってからは、あまり足を運ばなくなった。

勇七は高い塀が続く道を、庭のほうにまわった。いかにも頑丈そうな木戸の前に立ち、訪《おとな》いを入れた。

木戸の向こうで人の気配が動き、どちらさまですか、と女の声がきいた。

勇七は名乗った。

「お春さんに会いたいんですが、いらっしゃいますかい」

木戸の脇に設けられた小窓がひらき、二つの目がじっと見つめてきた。

「少々お待ちください」

小窓が閉じられ、足音が遠ざかってゆく。

あたたかな風が吹き、足元の土を二度、三度と巻きあげていったのち、足音が戻ってきた。

「お待たせいたしました」

木戸があき、勇七は身を入れた。

踏み石を踏んで進む。

こちらにどうぞ、といわれ、沓脱石《くつぬぎいし》で雪駄《せった》を脱いで座敷にあがった。今お茶をお持ちします、と女中がいった。

大店《おおだな》の娘となるとさすがに大仰なものだな、と勇七は思った。足が遠のいたわけはこれだな、と思い当たる。

女中が茶を持ってきて、去っていった。勇七は蓋《ふた》を取り、湯飲みを手にした。いい香りがする。

茶をすすった。やわらかな甘みが口一杯に広がり、飲み干すのが惜しいほどだ。

勇七は満足して湯飲みを茶托《ちゃたく》に戻した。

廊下を渡ってくる足音がした。

「勇七さん、入るわね」

襖があき、お春がやってきた。会釈してから勇七の前に正座する。

相変わらずきれいだ。肌は桃色で、少し上を向いている鼻は少し気が強そうなのを伝えているし、いつもきらきらしている瞳は聡明《そうめい》さを示している。顎はほっそりとし、形のよい唇はほどよく引き締まっている。

文之介が惚《ほ》れるのも無理はなかった。

「久しぶりね、勇七さん」

声がややしわがれている。

勇七は眉《まゆ》をひそめた。

「風邪かい」

「ええ、ちょっと」

そういわれてみれば、熱で瞳が潤んでいるようにも見える。それはそれで、この娘の美しさを増していた。

「そんなときにお邪魔して申しわけない」

「いえ、いいのよ」

お春がじっと見つめてくる。

勇七は目をそらし、息を一つ入れた。

「今日はちょっとききたいことがあってやってきたんだ」

勇七は、文之介の様子がおかしいことを伝えた。

「おそらくお春ちゃん絡みのことじゃないか、とあっしは思ってるんだけど、最近、なにかあったのかい」

お春の顔が険しくなった。こういう表情はあまり見たことがない。

旦那、いったいなにをしたんだい。

「あんな男のこと、どうでもいいでしょ」

にべもない答えが返ってきた。

「そんないい方、お春ちゃんには似合わないな。いったいなにがあったんだい」

だが、お春は答えない。ごほん、とわざとらしく咳払《せきばら》いをし、額に手を当てた。

「勇七さん、ごめんなさいね。熱が出てきたみたいなの。これで失礼させてもらうわ」

お春は襖をあけ、出ていってしまった。

どういうことだい、こりゃ。

勇七は考えこんだが、それで答えが出ることはなかった。

立ちあがり、勇七はさっきの女中を呼んだ。

「藤蔵さんに会いたいんですが」

「旦那さまに。ちょっとうかがってまいります」

しばらく待たされたが、藤蔵は座敷にやってきてくれた。

「お忙しいところ、申しわけございません」

「いえ、いいんですよ」

目の前に正座した藤蔵はにこやかな笑みを浮かべた。

「それにしても勇七さん、久しぶりですね。何年ぶりでしょうかね」

「五年ぶりくらいになるのではないかと」

「すっかり大人になられましたね。前はどこか線の細さがありましたが、今はずいぶんとたくましくなられた」

目を細めた藤蔵が姿勢をあらためる。

「それで今日は」

勇七は、お春にいったのと同じ言葉を口にした。

「そうですか。文之介さん、様子がおかしいんですか」

藤蔵はむずかしい顔をした。

「実はですね、娘に縁談があるのですよ」

勇七は驚いた。すぐに、これだったのか、と納得した。

「だいぶ進んでいるのですか」

「ええ、もう先さまに会うことが決まっています。三日後です」

「場所は」

「それをきいてどうされるのです」

藤蔵がいたずらっ子のように笑う。

「いえ、きいてみただけです」

藤蔵は教えてくれた。勇七は、胸に刻みつけた。

「しかし、どうしてそんな話になったのです。ずいぶん急だと思うのですが」

「手前にもわからないのですよ」

藤蔵が弱った顔で首を横に振った。

「半月ほど前ですか、帰ってきたお春が急に、この前の縁談、受けます、といったんです」

「半月ほど前、ですか」

その頃、なにかあったのだろうか。

勇七は思いだそうとしたが、脳裏をよぎるものはなにもなかった。

「あっしがこういうのもなんですけど、お春ちゃんの心は旦那に近づきつつある、と思っていたんですけどね」

「それは手前も同じです」

藤蔵が声を低めた。

「ですので、なにか文之介さんとのあいだであったとしか思えないんですよ」

同感だ。半月前、文之介はお春の気に障るなにかをやらかしたのだ。

「明日、あっしから旦那にきいてみます。結果は必ずお知らせしますから」

勇七はていねいに礼を述べて、三増屋をあとにした。

もっとも、きく、などという生易《なまやさ》しいものではない。勇七は問いつめる気でいる。

今日にでもつかまえるか。

いや、今頃、子供たちと遊んでいるだろう。子供たちの楽しみを奪いたくはない。

理由を突きとめたことで気がゆるんだか、空腹を覚えた。

なにがいいだろうか。旦那ならなにを食べたいというだろうか。

こんなときでも文之介のことが思い浮かび、勇七は苦笑いした。

まあ、しようがねえよ。子供の頃からずっと一緒なんだから。

うどんが食いたかった。

勇七は例の名もないうどん屋へ行った。

「いらっしゃいませ」

暖簾を払うと、いきなり大きな声が投げられた。貫太郎《かんたろう》だ。

「あっ、勇七の兄ちゃん」

とびきりの笑顔を見せてくれた。

「よお、元気そうだな」

「一人なの」

「うん、今日は非番なんだ」

勇七は貫太郎に案内され、座敷の隅のほうに座りこんだ。昼をすぎてだいぶたっているせいか、あまり客はいない。

「なににしますか」

「冷たいやつを一つ頼むよ」

「ありがとうございます」

貫太郎は、厨房に向かって大声で注文を通した。あいよ、と親父《おやじ》の返事があった。

貫太郎はもと腕利きの子供掏摸《すり》だった。それが足を洗い、文之介の紹介でこのうどん屋の奉公人になった。

「楽しそうだな」

「うん、とても」

「いらっしゃいませ」

茶を持ってきたのは、妹のおえんだ。

「ああ、ありがとう。おえんちゃんもうれしそうだな」

「はい、いろいろな人と話せるし。ここのお客さん、いい人ばかりなんで」

「そうか、よかったな」

勇七は、見知らぬ女が厨房で働いているのに気づいた。

勇七の眼差しを追った貫太郎がいった。

「勇七の兄ちゃん、紹介するよ」

厨房から女が出てきて、前掛けを取った。座敷にあがり、勇七の前に正座した。指をそろえ、深く頭を下げる。

「たきと申します、どうか、よろしくお願いいたします。子供たちがお世話になったのにお礼にもまいらず、失礼いたしました」

貫太郎たちの母親のおたきだった。病が治ったらここで働く、という話をきいていたが、こんなにはやく、とは思っていなかった。

「いや、そんなのはいいんですよ」

以前どういう顔色をしていたかは知らないが、今はとても血色がいい。肌がつやつやしている。細面《ほそおもて》で、やや細い目がおえんに似ていた。

「はい、あがったよ」

そういう親父の声にも張りがある。

「親父さん、うれしそうだね」

「そりゃあもう」

親父が相好《そうごう》を崩す。

「働き者に来てもらって、こんなにありがたいことはないですよ。これも、御牧の旦那と勇七さんのおかげです。御牧の旦那も貫太郎たちのことを気にして、よくいらしてくれるんですよ」

八

「例の名もないうどん屋、一人でよく行っているそうですね」

奉行所に出仕し、表門のところで落ち合った途端、勇七にいわれた。

「ああ。誘わなくて悪かったか」

「そんなことはいいんですけどね」

勇七が見つめる。

「機嫌は直ったようですね」

「もともと機嫌なんて悪かねえんだ」

勇七がにっと笑う。

「子供たちと遊んでもらって、よかったですねえ」

「言葉のつかい方、まちがえてるぞ。遊んでやったんだ」

「まあ、そういうことにしておきましょう」

勇七がまた見つめてきた。

「なんだ、なにか話があるっていう顔、してやがんな」

「わかりますか」

「そりゃわかるさ。歩きながらでいいか」

「ええ、そのほうがいいですね」

文之介と勇七は表門を抜け、数寄屋橋門をくぐり、数寄屋橋を渡った。

「それで話ってのは」

文之介がうながすと、勇七は肩を並べてきた。

「お春ちゃんの縁談のことですよ」

文之介は勇七をまじまじと見た。

「調べたのか」

「調べただなんて、そんな大袈裟《おおげさ》なことじゃないですよ。話をきいただけです」

「それで」

文之介はぶっきらぼうにたずねた。

「お春ちゃんは旦那に惚れているはずです。それなのに、どうして縁談を受ける気になったんですかねえ」

勇七が横顔を凝視している。

「藤蔵さんによると、半月前、帰ってきたお春ちゃんがいきなり、この前の縁談受けるわっていったそうですよ」

そういうことだったのか、と文之介は納得した。

「お春は、俺になんか惚れてねえよ」

「そんなことないですよ」

勇七が真剣な口調でいった。

「半月前、いったいなにがあったんです」

「なにもねえよ」

お克に抱きつかれたのを見られたなど、口が裂けてもいえない。特に勇七には。

「あったからお春ちゃん、そんな気になったんですよ」

「なにもねえよ」

「そうやって、いつまでもしらばっくれる気なんですかい」

「しらばっくれてなんかいやしねえ」

「見合いは、二日後に迫ってるんですよ」

そうか、二日後なのか。

「場所は、料亭の瀬川《せがわ》ですよ」

きいたことある名だな、と文之介は思った。

すぐに思いだした。お克と食事をし、裾《すそ》を踏んだお克に押し倒される格好になった店だ。

「ときがないんですよ。なんとかしないと、お春ちゃん、本当に人の嫁さんになっちまいますよ」

「勝手になりゃあいいんだ」

「旦那、本気でいってるんですかい」

「本気さ」

口喧嘩《くちげんか》しながら歩いている定町廻り同心と中間《ちゅうげん》の二人を、行きちがう人たちがびっくりしたように見てゆく。

「いう気がないのなら、これ以上ききませんけど、旦那、お春ちゃんに謝ったほうがいいですよ」

「どうして俺が謝らなきゃならねえんだ」

「どうせ旦那のしくじりでしょ」

文之介はむっとつまった。

勇七がやっぱり、という顔をする。

「旦那、本当になにをしたんです。怒らないから、話してください」

「おめえなんかに誰が話すか」

文之介はいい放った。

勇七が立ちどまる。文之介が振り返ると、形相《ぎょうそう》を変えてにらみつけていた。

「そうかよ」

勇七の口調ががらりと変わった。

「おめえって野郎は、人がこれだけ心配してやってんのに――」

奥襟をつかまれ、文之介は猫のように近くの路地に連れていかれた。

「てめえ、なにしやがんだ。放せ」

だが勇七の力は強靭《きょうじん》で、ずるずると引きずられた。

路地に人けはまったくなく、文之介はしもた屋らしい一軒家の塀にどしんと背中を押しつけられた。

「おめえみてえなわからず屋は、こうしてやる」

勇七が振りあげた拳《こぶし》を振りおろす。文之介はよける仕草をつくったが、よけなかった。

がつっ。鈍い音がし、頬骨がきしんだ。

勇七は腹にも拳を入れてきた。

げほっ、と音がした。それが自分の口から出たことに、文之介は気づいた。

息苦しさに、今朝食べてきたものが出そうになる。

勇七の拳が顎をとらえ、一瞬、目の前に火花が散った。痛みが頭にまともに響いてきて、文之介はよろけた。

勇七に足払いをかけられ、文之介は土の上に転がされた。

勇七が馬乗りになる。勇七の拳はかたく、とてつもなく痛かった。

この痛さは勇七の怒りの大きさをあらわしているのだ。文之介は気を張っていないと、失神しそうだった。

不意に勇七が手をとめた。

「どうしてやり返してこないんです」

瞳をのぞきこんでくる。

「わざと殴られてますね」

文之介は勇七を見あげて、苦笑した。

「気づくのがおそいんだよ」

勇七があわててどく。

重みがなくなり、呼吸が楽になった。文之介は上体を起こし、路上に座りこんだ。

「あー、痛え」

ぺっと唾を吐いた。血の色をしている。

「すみませんでした。すみませんでした」

勇七が頭を下げる。

「いいんだよ、勇七。謝ることなんかねえんだ」

「でも……」

文之介は黙って手をのばした。勇七ががっちりと握る。

文之介は勇七の力を借りて立ちあがったが、ふらついた。

「大丈夫ですかい」

勇七が支える。

「顔中痛えが、大丈夫だ」

勇七が懐から手ぬぐいをだし、唾を染みこませて文之介の顔をふきはじめた。

「ちょっと待て、俺の顔をおめえの唾だらけにする気か」

「唾には、毒消しの効き目があるそうですから」

「そんなこといってんじゃねえ」

そういいながらも、文之介は勇七のなすがままにまかせた。

勇七が手ぬぐいを持つ手をとめた。

「もう血はついてないですね」

勇七が、赤くなった手ぬぐいを懐にしまいこんだ。

「勇七、ありがとう。さっぱりしたよ」

「いえ、そんな……」

文之介自身、俺はこうされたかったんだなあ、という気持ちを勇七に拳を振るわれながら確信した。さんざんに殴られ、気持ちがすっきりした。

勇七が首をかしげる。

「なにか決意したような顔、してますね」

「してねえよ」

「そうですかい。旦那がそういうんなら、あっしはもうなにもいいませんけど」

二人は着物についた土を払い落としてから、もとの通りに出た。

「よし、勇七、気合入れて、仕事するぞ」

二人は探索に精をだした。

昨日の非番の最中、ほかの同心たちがもちろん調べているが、身元につながるような手がかりはなにも得られなかった。

文之介たちのこの日の探索も、結局空振りに終わった。自身番につめている町役人や書役《かきやく》たちの興味を惹《ひ》いたのは、文之介の顔のあざだけだった。

「どうしてなにもつかめねえんだろう」

暮れゆく太陽を眺めて、文之介はいった。

「江戸の者じゃねえのかな」

「そうかもしれませんねえ」

人別帳に名が載っていない無宿者だとしたら、身元などほとんど知れるはずがなかった。

「仕方ねえな。勇七、奉行所に戻ろう」

二人は、夕日に赤く染められている江戸の町を歩いた。

じき、数寄屋橋門が見えてくるところまで戻ってきた。

「しかし勇七、雨がまったく降らねえな。この分だと、明日も晴れるぞ」

「いったいどうしちまったんですかねえ」

勇七が案ずる声をだす。

「このままだと、田植えだってままならないでしょう。お百姓衆は困ると思いますよ」

「百姓衆が困るんなら、俺たちだって困るってことさ」

「飢謹《ききん》なんてことに、ならなきゃいいんですけどねえ」

「まったくだ――」

文之介は言葉が喉のところでとまったのを感じた。目の前に黒い影が立っている。

「文之介さま」

影が呼びかけてきた。

お克だった。相変わらずやせたままで、ほっそりとした顔に切れ長の目と鼻筋の通った鼻、形のよい唇がのっている。

一人だった。供の帯吉《おびきち》はいない。

「おう」

文之介は右手をあげた。うしろで勇七が目を輝かせるのを感じた。

こんなところで偶然だな、といおうとして、文之介はとどまった。

「あれから、なかなかお会いできないものですから、私、こちらでお待ちしていました」

「そうか……」

「あの、文之介さま」

お克がじっと見ている。

「お怪我《けが》をされているようですけど」

勇七がはっとする。

「ああ、ちょっとつまずいて転んじまったんだ。たいしたことはねえよ」

「そうですか」

お克が下を向き、それから決意したように顔をあげた。

「文之介さま、また食事に行きませんか」

文之介はちらりと勇七を見た。

「すまねえな、お克、今はそれどころじゃねえんだ」

人殺しが起きてその一件で忙しくてならねえ、といった。

「すまねえな。せっかく誘ってくれたのに。その件は、事件が解決したらまたあらためて、ということにしよう」

「……わかりました」

お克は悲しそうな顔をしている。

文之介は胸が痛んだが、こればかりは仕方がない。もう二度とお克とは食事に行かないほうがいい。

お克は一礼して、その場を去っていった。

「お克さんがいっていた、あれから、っていつです」

お克の姿を見えなくなるまで見送っていた勇七が食いついてきた。

「半月前ですか」

文之介はぎくりとした。なんて勘のいい野郎だ。

これ以上、とぼけるわけにはいきそうもなかった。文之介は意を決した。

「勇七、本当のことを話すから決して怒るんじゃねえぞ」

勇七の顔に喜色が浮かぶ。

「ええ、わかりました」

「本当だぞ。怒るなよ。朝みたいに殴られるのは勘弁だからな」

「わかりましたから、はやく話してください」

文之介は、勇七の顔色をうかがいながら半月前のことを正直に語った。

「お克さんに抱きつかれた――」

勇七の眉間《みけん》にしわが寄り、表情が険しくなる。唇をかたく嚙《か》んでいる。

「怒るなよ、勇七」

「わかってますよ」

勇七が体から力を抜き、息を一つつく。

「旦那、そんなことを一所懸命に隠していたんですかい」

「そうだ」

文之介は、勇七が決意を刻みこんだ顔つきをしているのに気づいた。

「勇七、なんだ、その顔は」

勇七がほほえむ。

「なんでもありませんよ」

九

この木戸をくぐるのは久しぶりに思えた。

丈右衛門は立ちどまり、見あげた。

お知佳、お勢《せい》の名が記された木札が打ちつけられている。

お知佳の名を見ただけで、いとおしさで胸が一杯になる。

あらためて木戸をくぐろうとして、とどまった。

またいるのか。

丈右衛門は顔をしかめた。

お知佳の店《たな》の前に、若い男が立っているのだ。白い布で包んだ大きな荷を背負い、笄《こうがい》や簪《かんざし》、櫛《くし》などの見本が貼りつけられた一枚の板を手にしている。小間物屋だ。

敷居をはさんで、誰かと楽しげに話している。いや、お知佳以外考えられない。

小間物屋の月代《さかやき》はしっかりと剃《そ》られ、路地に射しこむ八つすぎの日を受けて輝くようだ。鼻がすっきりと高く、笑うとこぼれる白い歯がとてもよく目立つ。

丈右衛門が少し路地を進むと、お知佳の顔が見えた。お知佳も楽しそうだ。笑顔が弾んでいる。

あんなに明るい笑顔は、自分の前では見せたことがないような気がする。

三間《けん》ほど先にいる小間物屋が、丈右衛門の足をお知佳の長屋から遠のかせているのだ。

どうする。引き返すか。

二人の話は長引きそうだ。

丈右衛門は体をひるがえそうとした。

その前にお知佳が気づいた。

「御牧さま」

路地を小走りに駆けてきた。

丈右衛門はお知佳に向き直った。

「ようこそいらしてくれました」

うれしそうに笑ってくれた。

その笑顔のまぶしさと若さに、丈右衛門は顔を伏せた。

「お知佳さん、またまいりますよ」

「ああ、せっかく来てくれたのに、なにも買わないでごめんなさい」

「いえ、とんでもない」

小間物屋が一礼して、丈右衛門の横を通りすぎてゆく。ちらりと、おもしろくなさそうな表情を見せた。

「どうぞ、入ってください」

丈右衛門は店のなかに招き入れられた。

二間の長屋は掃除が行き届いていた。隣の間で、お知佳の娘のお勢は寝ている。相変わらずよく寝る子だ。

「どうしてもっといらしてくれないんです」

丈右衛門の前に茶をだしてお知佳がいう。うらめしそうな顔をしている。

「今日だって、九日ぶりですよ」

十日くらいは来ていないと思っていたが、そうはっきりとお知佳がいったことがうれしかった。

「いや、ちょっとあってな」

どんなことなのか、お知佳がききたがっている。口にだして催促しないところが、この女の慎ましさだ。

「ああ、先にこいつを渡しておこう」

丈右衛門は土産《みやげ》の団子を畳に置いた。八丁堀《はっちょうぼり》近くにある山仁《やまじん》という店の団子だ。醤油味の甘くないみたらし団子が多いなか、ここの団子は砂糖をしっかりとつかっている。丈右衛門の好物の一つで、土産としてこうして持ってくるたび、お知佳も待ちわびるようになっているのがわかり、この長屋を訪問するいい口実になっていた。

「いつもありがとうございます」

お知佳が軽く頭を下げる。

「さっそくいただこうか」

お知佳がうなずき、紐《ひも》をといた。中身は六本だ。

丈右衛門は手をのばし、一本を手にした。お知佳も手に取る。

二人は同時に食べた。

ほどよい甘みが口のなかに広がり、ぱりっと焼きあげられた団子とよく合う。なかはしっとりとやわらかく、噛むとたれと一緒に溶けてゆく。

丈右衛門は瞬く間に一本を食べ終えた。

「うまいな」

頬が自然とゆるむ。

「本当に」

丈右衛門は茶を喫した。茶の苦みが口中を洗い、もう一本ほしいと思わせる。しかし丈右衛門は手をださなかった。

お知佳が急須《きゅうす》から茶を注《つ》ぐ。

「一本でおしまいですか」

「うん、あまり腹が空いていないんだ」

「そうですか」

お知佳が目をあげた。

「そういえば最近、夕餉も召しあがっていってくれませんね」

「そうだったかな」

「さようです。今日は是非召しあがっていってください」

丈右衛門は首を振った。

「それがそうもしていられんのだ。せがれの手助けをしてやらなければ」

「どういうことです」

お知佳も、これには黙っていられなかったようだ。

「ある事件にだいぶ苦労しているようでな、見すごしにできんのだ」

こんなときに持ちだして、文之介にすまない、という思いがある。

丈右衛門は茶を一気に飲みほした。かなり熱かったが、我慢した。丈右衛門の猫舌を知っているお知佳が、あっという顔をする。

なんでもない顔で湯飲みを茶托に戻して、丈右衛門は立ちあがった。

「では、これでな」

「えっ、もうお帰りなんですか」

「すまんな」

雪駄を履いて路地に出る。

「今度はいついらしてくださいます」

「できるだけはやく来よう」

おそらく次ははやくて半月後だろう、と丈右衛門は思った。いや、もう来ないほうがいいのかもしれない。

路地を歩きだす。

うしろで悲しそうにお知佳が見送っているのがはっきりと感じられた。

これでいいのかな、と長屋の木戸を抜けたとき丈右衛門は思った。

あの小間物屋、歳《とし》はいくつくらいか。二十三のお知佳より三つ四つ上だろう。

だとしたらちょうどよい。

わしのような者より、よほどつり合いが取れている。

いや、本当にそう思っているのだろうか。思うことであきらめようとしているだけではないか。

お知佳をあきらめることなどできるのか。

答えは知れている。

今は、と丈右衛門は思った。お知佳のことは忘れ、事件に精をだそう。

丈右衛門はひたすら歩き続けた。

道を北に取り、本所へ向かう。

着いたのは本所松倉町だ。懐から人相書を取りだす。

この男は何者なのか。

今のところ、なにもわかっていないのは確かなようだ。

目を落とし、じっと見る。

しかし、表情をなくした男はなにも語ってくれなかった。

そうはうまくいかんか。

現役の頃は、こうした人相書でも見つめていると、得体の知れないなにかが体内を這《は》いあがってきて、もしや、という直感につながったものだが、さすがに隠居になってそういう力は薄れたようだ。

ただ、人相書を持って町内の者に見せるというやり方は取らない。その手のことは、とうに文之介たちが終えているだろう。

自分なりの手立てで、この男の身元につながる探索をしなければならない。

どうすればいいか。

道を行く者たちの邪魔にならないように商家の塀際にたたずんで、丈右衛門は考えはじめた。

四半刻近く考えたが、これという手立ては思い浮かばなかった。

こんな経験はこれまでほとんどなく、丈右衛門は老いたな、ととまどったが、それでもこうしているほうが気が紛れる。少なくとも、お知佳のことは忘れていられた。

だが、お知佳のことがあって、集中できないのもまた確かだ。

これでは文之介と同じだな。

丈右衛門は首を一つ振り、歩きだした。

結局その日は、文之介のために持って帰れる収穫を手にすることはなかった。

十

勇七は初恋に心ときめかせる娘のように、手で胸を押さえた。

どきどきする。

青山《あおやま》に来るのは、文之介と一緒にお克を見舞いに来て以来だ。

呉服を扱う大店だけに、建物はとてつもなく巨大だ。上からかぶさってくるように感じられる。

夜はすでに江戸の町を覆い尽くし、青山は閉まっているが、いくつか灯《とも》された提灯《ちようちん》の下、店の前の掃除をしている丁稚《でっち》が三人いる。

意を決して勇七はその一人に声をかけた。

「お嬢さんに……あの、もう一度お名をお願いします」

いぶかしげに見つめてくる丁稚に、勇七はていねいに名を教えた。

「勇七さんですね。少々お待ちいただけますか」

丁稚はあとを頼むというように二人の丁稚にうなずきかけてから、くぐり戸をあけてなかに入っていった。

手に持つ提灯がやや肌寒さを感じさせる風に一度大きく揺らされたあと、丁稚が戻ってきた。

「お目にかかるそうです。どうぞこちらへ」

ありがとう、といって勇七は提灯を吹き消し、丁稚のあとに続いた。

店のほうから上にあがり、奥に通ずる廊下を歩いた。

最初にあらわれた襖の敷居際で丁稚が足をとめ、こちらです、と告げた。

「お連れしました」

丁稚が声を発し、なかから、どうぞお入りください、と返ってきた。お克の声だ。もういるのだ、と思ったら、勇七は頬が熱くなった。

「どうぞ」

丁稚にいわれ、勇七は襖をあけた。

なかは行灯が灯り、淡い橙《だいだい》色に包まれている。八畳間と思える座敷のまんなかにお克が正座していた。うしろにお克づきと思える女中がいる。

家のなかとはいえ、男と二人きりになるのはまずいのはわかる。もし座敷にお克と二人きりだったら、息苦しくなるのは見えていた。

むしろほっとした思いで勇七はお克の前に進み、正座した。茶が出ている。

「勇七さん、よくいらしてくれましたね。どうぞ、膝をお崩しになって」

お克の声はかたい。警戒しているようだ。

どうしてなのか。勇七はすぐにさとった。

半月以上も前のことだ。前のお克さんに戻ってください、と勇七がいったことが発端で、お克と心が通うようないい感じになったとき、いきなりあらわれた弥生に勇七は腕を絡められ、お克の気持ちが一瞬にしてさめたのを目の当《ま》たりにしている。

女中をつけているのも、お克は勇七を女たらしと見て用心しているだけなのかもしれない。

「いえ、とんでもない」

暗澹《あんたん》たる思いに包まれたが、勇七はその思いを外にはださなかった。両膝に手を置き、背筋をのばす。

「先ほどはせっかく会えたのに、うちの旦那が無愛想で申しわけありませんでした」

「無愛想だなんてそんな」

お克が小さく笑みを見せる。

「お仕事が忙しいのですから、仕方ありません」

お克が茶を勧めてきた。喉が渇いてならない勇七は勧めにしたがった。

さすがに吟味されたいい茶だ。甘みが実に濃いが、喉をくぐり抜けてゆくときにはしつこさなどなく、爽快《そうかい》さだけがふんわりと残る。

「それで今日は」

お克がわずかに身を乗りだし、勇七はどきりとした。

あれ、用心なんてしてないじゃないか。

お克の声がかたかったのは、急な勇七の訪問に、さすがにいぶかしいものを覚えたからにすぎないようだ。

そのことで、むしろどきどきする思いが増してきた。勇七は心を落ち着けて話しだそうとしたが、お付きの女中が気になった。

「お真衣《まい》、隣の部屋に下がっていなさい」

お克がやさしく命ずる。よろしいのですか、とお真衣がいいたげにする。

「大丈夫です」

わかりました、とお真衣がうなずき、右手の襖をあけて出てゆく。隣の間に控えたようだ。

「これでよろしいですか」

「ありがとうございます」

勇七はお克の心配りに感謝の意を表してから、声を低くした。

「二日後、ある人のお見合いがあります」

「ある人ですか」

はい、といって勇七はやや間を置いた。

「いいにくそうですね」

お克は励ます目をしている。それに力を得て、勇七は思いきって口にした。

「お春ちゃんといいます。うちの旦那が好いている娘です」

えっ、と大きく目を見ひらいてお克が絶句する。

「文之介さまの好きな娘さん……」

衝撃を受けているお克を目の当たりにして忍びないと思ったが、勇七は言葉を紡いだ。

「あっしはこの見合いをぶち壊すつもりでいます。旦那のためです」

驚きから少し立ち直ったお克が問う。

「そのような話をどうして私に」

「お克さんに、お願いしたいことがあるからです」

「なんでしょう」

「見合いの席は瀬川という料亭です。前に、旦那とお克さんが一緒に食事をした店です。あっしをその日、瀬川に連れていってもらいたいんです。あんな老舗《しにせ》の料亭、あっし一人で入るのは無理ですから」

「勇七さん、ぶち壊すといわれましたけど、なにをするおつもりなんです」

「酒に酔ったふりをして、お春ちゃんを連れだす気でいます」

「でも勇七さん、どうしてそのようなことをする気に」

勇七は腹に力をこめて、お克をじっと見た。

「お互い好き合っている二人です。意地の張り合いでわかれてゆくのは、かわいそうでなりません」

「勇七さん、二人が好き合っているというのは本当ですか」

「ええ、まちがいないと思います」

「そうですか」

お克の表情が沈む。

「でも勇七さん、どうして好き合った二人が意地を張っているんです」

勇七はさすがにいいにくかった。

「半月前なにかがあった、というのはわかっているのですが」

このいい方で、お克自ら気づいてくれることを祈った。

「半月前ですか」

お克が眉を曇らせ、考えこむ。

「もしかしてあのときの人がお春さん……」

お克の口から小さな声が漏れる。はっとして勇七を見る。不意ににっこりと笑った。

その笑顔がとても神々しく、勇七は胸を打たれた。

「勇七さん、わけが私にあるのはもうわかっていたのですね」

「申しわけございません」

「いえ、謝ることなどございませんよ」

お克がやさしくいう。

「わかりました。お手伝いいたします」

勇七は畳に両手をそろえた。

「ありがとうございます」

「どうぞ、お顔をおあげになって」

お克はにこやかに笑っている。

ただ、その笑顔の裏に深い寂しさがあるのを、勇七は見逃さなかった。

とんでもなく残酷なことをお克に頼んだのでは、という気がしてならない。

しかし、こんなときに笑顔をつくれるお克のすごさも勇七は思い知らされた。

ほれぼれと見直した。

「どうされました」

お克が首をかしげてきく。

勇七はいとしさが一杯にあふれ、抱き寄せたくなるのを、拳をかためることで必死にこらえなければならなかった。

第二章　口半鐘

一

見合いの刻限は、昼の九つときいている。

勇七はお克に、松島町《まつしまちょう》の松島稲荷《いなり》そばにある瀬川に連れてきてもらった。

さすがにすばらしい料亭だ。

まわりがほぼ大名屋敷ということもあり、とても静かだ。

庭からきこえてくる鹿威《ししおど》しの音にも、老舗の伝統が感じられる重々しさがある。

どこからか琴の音色が届いており、それが気持ちを少しだけ落ち着かせてくれる。

こんなときでなく、ふつうに食事に来られたらよかったんだが、と勇七は心の底から思った。

勇七とお克は女中に案内されて、座敷に入った。

すでに徳利《とつくり》が二本、膳《ぜん》の上に置かれている。

隣の部屋がお春の見合いの席となっている。

勇七はあらためて部屋を見まわした。

あけ放たれた障子から、涼しい風が入ってくる。風は庭の木々を揺らし、さわさわとなんともいえないいい音を立てている。

残りの三方は襖で、いずれも鳥の絵が描かれている。雀《すずめ》に雉《きじ》、お春の座敷の仕切りの襖は鶴《つる》だった。

名のある絵師によるものであるのは確かで、どの絵も鳥が躍動していた。

勇七は胸が痛いほどになっている。まだ九つまで四半刻近くあるだろうが、本当にこんなことをしていいのだろうか、という迷いがないわけではない。

お縄になる、というようなことはないだろうか。

文之介に迷惑はかけたくない。

だが、お春の見合いはなんとかしなければならない。

「勇七さん」

お克がほほえみかけてきた。

その笑顔の美しさに、この前と同じように勇七はたまらないいとしさを抱いた。これで前に戻ってくれたら最高なんだが。

「お顔がかたいですわ」

そうですか、といって勇七は頰を両手でなでさすった。

「だいぶよくなりました」

お克が身を寄せてきた。

ほんのりと漂ういい香りに、勇七は息苦しさを忘れてうっとりとした。陶酔、というのはこういうことをいうのだろう。

「勇七さん、今日、非番ではないですよね」

「ええ。旦那には、風邪を引いて熱があるので休みます、と伝えました」

「そうですか」

文之介は今一人で働いているのだ、と思うと、すまなさで心が一杯になった。

「今、文之介さまはお一人で働いていらっしゃるんですねえ」

お克が庭に目を転じ、せつなそうにいう。

勇七はまじまじと見つめた。

「どうされました」

お克がきく。

「いえ、まったく同じことを考えていたものですから、びっくりしてしまいまして」

「そうですか」

お克が茶托から湯飲みを取りあげた。

「文之介さまって、なにか放っておけないんですよね。なんなんでしょう」

「人のことになると、自分のことは忘れて一所懸命になれるからじゃないですかね。あっしにはよくわからないですけど」

「人のためには一所懸命尽くすけど、自分のことになるとなにもできないんですね」

「それがいいところでもあるんですけど」

勇七は頭を下げた。

「お克さん、ありがとうございました」

お克にはこの店の案内だけを頼んだ。これ以上、迷惑はかけられない。

「あとは見ていてください」

「勇七さん、やっぱり酒に酔ったふりをするのですか」

お克が真剣な表情できいてきた。

「それしか思い浮かばないものですから。お克さんにいい手があれば、おききしますよ」

「いえ、私にはとても」

そういったお克が耳を澄ませる。勇七も気づいた。

廊下を渡る足音が近づき、隣の部屋の障子がひらかれた。

「こちらです」

女中の声がし、隣の部屋に人が入ってきた気配がした。

勇七はごくりと息をのんだ。

「三増屋の皆さんはまだのようだね」

若い男の声がした。少し甲高《かんだか》く、甘えが感じられる。

「そのようね。お茶でも飲んで、待ちましょうか」

これは男の母親か。

「おたねさん、どうもありがとうございました」

父親らしい男が女に礼をいっている。おたねという女は、この見合いをまとめようとしている世話役だろう。

「せがれが三増屋の娘さんを見初《みそ》めて、こんなにはやく段取りができるなんて、手前、感動してしまいました」

「このお話がまとまれば、ちょうど五十件目なんです。私も力が入りました」

「まとまりましょうか」

「大丈夫ですよ。お春さんも乗り気とききましたから」

「お春さんをお嫁さんにできるなんて、夢のようですよ」

本気でお春に惚れているらしいのがわかったが、このやさ男らしいどこかの店の跡取りにお春を渡すわけにはいかない。

勇七は徳利をつかみ、ごくりと酒を飲んだ。むせそうになったが、かろうじてこらえた。

大丈夫ですか、と目顔でお克がたずねる。勇七は、ありがとうございます、とささやき声で答えた。

また廊下を渡ってくる足音が響いてきた。

失礼いたします。女中の声がし、障子があいたのがわかった。

「お着きになりました」

畳を踏むいくつかの人の足音がする。それがすぐに静かになった。

お春側の世話人が口をひらき、お春と藤蔵、母親のおふさを紹介した。

「春と申します。よろしくお願いいたします」

さすがにお春は緊張を隠せずにいるようだ。語尾が震えた。

いや、緊張ではないのではないだろうか。心にもない見合いの場に出てきてしまい、後悔が震えとなってあらわれたのではないか。

こうなりゃ、はやいほうがいいな。

勇七は徳利を逆さまにし、一気に空にした。ぷはー、と酒くさい息が出るのを確認する。

お克が真剣な目で見守っている。

勇七は深くうなずきかけてから、手ぬぐいでほっかむりをし、襖に手をかけた。

行くぞ、と決意したとき、お春のいる部屋のほうからいきなり、かんかんかん、という声をきいた。

なんだ。あっけにとられて、勇七は襖をあけるのをとどまった。お克もびっくりして、目を大きく見ひらいている。

隣の部屋が騒がしくなっている。きゃあ、と女の悲鳴もきこえた。

かんかんかん、という声は続いている。

なんなんだろう。

勇七が小さく襖をあけてみると、頭巾をした侍が部屋を走りまわっていた。

「かんかんかん、火事だぞ。火事だぞ。逃げろ。はやく逃げろ。かんかんかん」

なんだ、あの侍は。

勇七は目をみはった。

かんかんかん、というのは半鐘《はんしよう》のつもりだろうか。

そう気づいた瞬間、勇七は侍の正体が誰なのか、理解した。

あんな馬鹿な真似《まね》をする侍に、心当たりは一人しかいない。

なんだい、結局そういうことか。

勇七はにんまりし、相変わらずかんかんかん、と叫び続けている侍がお春の手を取って座敷を逃げだすのを見届けた。横でお克も顔をのぞかせている。

とっくにその気だったんだな。

この前の決意を胸に秘めたような表情を思いだし、勇七の胸を安堵が満たしてゆく。

お克も、侍が誰かわかったようだ。

勇七はお克と目を合わせ、うなずき合った。そっと息をついてから、襖を静かに閉じた。

二

とにかくびっくりした。

でも座敷に飛びこんできた侍が誰かわかって、お春はとてもうれしかった。

かんかんかん、と半鐘を口でいうような男は一人しか知らない。

松島稲荷の前を通りすぎ、武家屋敷の角を曲がる。

ようやく頭巾の侍が足をゆるめた。

「いったいなんの真似なの」

「なんの真似って」

「どうして見合いをぶち壊すような真似、するのよ」

「火事だからだ」

「火事なんてどこで起きているのよ」

空はひたすら青く、一筋の煙も見えない。

「この広い江戸だ、どこかで火事の一件も起きているだろうさ」

お春は見つめた。

「ねえ、その変な頭巾取ったら」

「頭巾取ったら、正体がばれるだろうが」

「とっくにばれてるわよ」

二つの目がまじまじと見つめてきた。

「そうか、わかっているんならいつまでもしててもしようがねえな」

頭巾が取られ、文之介の顔があらわれた。少し照れくさそうな、ばつの悪そうな顔をしている。

お春は笑顔で見つめた。

「ふーん、やっぱり私が見合いするの、いやだったんだ」

「そんなことはないさ。火事から助けだしただけだ」

文之介がいい張る。

「半鐘が鳴ってただろうが」

お春はぷっと吹きだした。

「口でいってただけじゃない」

文之介はきこえない顔をしている。

「ところで、ききたいことがあるんだけど」

お春がいうと、文之介が顔を向けてきた。

「あの人はなんなのよ」

とぼけるかと思ったが、文之介はそんなことはしなかった。

「気になるか」

「はやくいいなさいよ」

文之介がぽりぽりと鬢《びん》をかく。

「あれは、たまたまああいうことになっちまったんだ」

文之介の説明をお春は黙ってきいた。

「ふーん、いきなり抱きつかれたの。それにしてはずいぶんとにやけた顔、してたわよ。

まったくいやらしいったらありゃしない」

「もともとああいう顔なんだ。ふにゃけた顔だって、お春もいつもいってるだろうが」

「ふにゃけた顔じゃなくて、にやけた顔だったの。まあ、いいわ。——それで誰なの」

つと背後を振り返った文之介が、おっ、とつぶやいて目をみはる。

「なんでこんなところに……」

お春が振り向くと、大柄な娘が急ぎ足で歩いてくるところだった。

あっ、あの人だわ、とお春は思った。

「なるほど、そういうことか……」

少し考えたらしい文之介が合点したようにうなずく。

大柄な娘のうしろに勇七が続いている。

「勇七さんもいるわ」

「ああ、そうだな」

文之介の口調には、そこに勇七がいるのは当たり前だな、という感じが含まれている。

お春と文之介は、二人がやってくるのを待った。

「勇七、てめえ、風邪だっていいやがったじゃねえか」

文之介が嚙みつくようにいう。それは文之介自身が知りたいのではなく、むしろお春にきかせるためのように思えた。

「仮病ですよ」

「どうして仮病なんかつかったんだ。どうしておめえ、お克と一緒なんだ。どうしてこんなところにいるんだ」

「そんなにいっぺんにきかないでくださいよ。順序よく話しますから」

「よし、はやくいえ」

勇七がどういう心づもりでいたか語り、どうして瀬川にいたかを話した。

「なんだ、やっぱり俺と同じこと、考えていたのか」

「やっぱりですって」

勇七が引っかかる。

「あっしは、口半鐘みたいな馬鹿なことはしませんよ。もっといい手立てを考えていました」

「どんな手立てだ」

勇七が話す。

「酔っ払いの真似だと。俺とたいして変わらねえじゃねえか」

「全然ちがいますよ」

いずれにしろ勇七も文之介と同じことを考えていてくれたことがわかり、お春はうれしかった。

「――お春」

文之介がお克を紹介する。

体は大きいが、お克は美人だ。少し悲しそうな顔をしている。そんな表情もつやっぽかった。

こんなきれいな人に抱きつかれたら、文之介でなくともやに下がるだろう。

お春は名乗り、きちんと挨拶した。お克もていねいに名乗り返してきた。

「お春さん、私と文之介さまは本当になんでもありませんから」

涙をこらえるような口調でいう。

「あのときは弾みで私、抱きついてしまったんです」

「文之介さんから事情はききました」

「そうですか。でしたら、もう大丈夫ですね。ご迷惑をおかけして、本当に申しわけありませんでした」

お克が一礼して去ってゆく。

見送る勇七がうれしいような悲しいような、複雑な表情をしているのに、お春は気づいた。

「勇七はお克に惚れているんだよ」

文之介が教える。

「ああ、そうだったの」

お春にとって新鮮な驚きだった。このことで二人がうまくいけばいいのに、と心から願った。勇七に顔を向ける。

「勇七さん、送ってあげたら」

「ああ、そうですね。旦那、いいですかい」

「行かなきゃ俺が怒ってるところだ」

「ありがとうございます」

勇七が勇んで走りだした。

「勇七、四半刻後に表門だ。今日は非番じゃねえんだぞ」

わかりやした、と勇七が叫ぶように答える。あっという間にお克に追いつく。

そこまで見届けて、お春は文之介と歩きだした。

二人きりになり、急に照れのような思いが心の壁をあがってきた。文之介も同じなのか、なにも話さない。

「ねえ、お祭りのときのこと覚えてる」

お春は思いきって口をひらいた。ほっとしたように文之介がうなずく。

「ああ、お春が迷子になったときだろ。さっき手を引いてて思いだした」

そのまま前を見て語りだす。

「お春の姿が見えなくなったとき、もう二度と会えなくなるんじゃないかって気が気じゃなかった」

まわりは浮かれているのに、夜の底に一人取り残されたようだった心細さは、今もお春の心に深く刻まれている。

「あのときは走りまわったなあ。お春ならどこに行くんだろうって一所懸命に考えたよ」

文之介が思いだす口調で続けた。

「どこにもお春はいなくてさ、でも悪いことを考えたら、きっと本当に会えなくなるって思えたから、俺は必死に打ち消し続けたよ」

お春がいたのは永代橋《えいたい》の近くだった。用水桶《ようすいおけ》のそばに身をうずくまらせていた。お春は人波に押されて、いつの間にか深川《ふかがわ》のほうへ渡ってしまっていたのだ。

「お春を見つけたときは、ほんとうれしかったなあ」

文之介がしみじみいった。

私もよ、とお春は心のなかでつぶやいた。

汗びっしょりで、目を血走らせている文之介が目の前にあらわれたときの光景は、一生忘れない。そのくらいうれしかった。

考えてみれば、とお春は思った。今と同じくらいかもしれない。

三

うまくいかんものだな。

丈右衛門は二つ目の饅頭を口に運んだ。

あまり甘みのない餡《あん》だが、小豆《あずき》の練り方がうまいのか、こくがあり、それが皮と合っている。うまくつり合いが取れた饅頭だ。

饅頭はうまいが、探索はうまくいかない。

丈右衛門は一軒の茶店にいる。昨日に引き続いて探索に出ているが、収穫のないまま半日が終わってしまった。

ふだんなら一膳飯屋や蕎麦屋などに入ってまともな昼食にするのだが、あまり食い気がないこともあり、手近の茶店を選んだのだ。

赤い毛氈の上の尻をもぞもぞと動かす。これだけなにもつかめないというのは、どうにも座り心地が悪い。

饅頭を四つ食べ、お茶を二杯干した。まだ食い足りない気がした。

幟に、団子と記されている。串に刺さった団子の絵がなかなか上手だ。

丈右衛門は小女に団子を一皿注文した。

すぐにやってきた団子を食べながら、思案を続けた。

だが、いい考えは浮かばない。

「あれ、御牧さんじゃないですか」

声をかけられた。

道を歩いてくるのは、鹿戸吾市《しかとごいち》だ。文之介の先輩同心である。うしろに中間の砂吉《すなきち》がついている。

「よお」

丈右衛門は手をあげ、横に座るように縁台を軽く叩いた。

「失礼します」

吾市が遠慮がちに腰をおろす。砂吉は少し離れたところに立っている。

「砂吉も座ったらいい」

「いえ、あっしはこちらでけっこうです」

その表情が頑《かたく》なで、このあたりは吾市にいわれているんだろう、と察した丈右衛門は無理強いはしなかった。

「御牧さん、こんなところでなにをされているんです。散歩ですか」

「まあ、そうだ」

丈右衛門は吾市に団子を勧めた。

「ありがとうございます」

吾市が遠慮なく手に取り、口に運んだ。

「なかなかおいしいですね」

「そうか、それはよかった」

丈右衛門は口元をほころばせた。

「御牧さん、相談があるんですが」

吾市が神妙な表情でいった。

「今、殺しの探索をしているんですが、まるで進まないんですよ。なにかいい手立てはありませんかね」

「殺しというとどんなものだ」

丈右衛門はとぼけてたずねた。

「それがしが話したというのは、内密にしてください」

吾市が、例の身元知れずの男の話をした。

「だいぶ手こずっているのか」

「ええ、仏が誰なのかいまだにわからないんですから、殺しのわけを持っている者を捜すことすらできないんですよ」

「なるほど」

丈右衛門は腕を組んだ。

「――すまんな。わしにはいい手立てなど浮かびそうにない」

「そんなことないでしょう。名同心と謳《うた》われたお人なんですから」

「昔の話さ。今は隠居だ」

「そうですか。残念ですねえ」

吾市が苦い顔で首を振る。

「文之介もかなり苦労しているようですよ。いい手立てがあるんでしたら、それがしから伝えときますが」

「気持ちはありがたいが、吾市、本当に思いつかんのだ。すまんな」

丈右衛門は吾市の肩をぽんと叩いてから立ちあがり、茶店の代を支払った。

じゃあこれでな、と吾市に手をあげて道を歩きだす。

なんとなく永代橋まで戻ってきた。橋の上から、大川《おおかわ》の川面《かわも》を眺める。

そういえば、と丈右衛門は思いだした。文之介がまだ小さい頃、祭りに行ってお春が迷子になったときがあったな。

丈右衛門はお春の腕をしっかり握っていたはずなのに、いつの間にかはずれていた。

あのときは焦った。事件の探索でしくじりを犯したときでも、あんなに焦ったことはなかった。

祭りに行くにあたり藤蔵には、責任を持ってお春を預かるといったのに、まさかそのお春とはぐれてしまうなど。

文之介を商家がはさみこむ路地に置き、決して動かぬように厳しくいいつけてから、必死になってお春を捜しまわった。

半刻以上町中を走り続けたが見つからず、ほったらかしにしてある文之介のことが今度は気になり、いったん路地に戻った。

だが文之介がおらず、せがれまでもか、と丈右衛門はその場にへたりこみたくなる気分を味わったものだ。

次の瞬間、父上、という声がし、振り返った丈右衛門は本当にへたりこむことになった。

お春の手を握り締めた文之介が立っていたからだ。

あのときはうれしかったな。

丈右衛門は、もう十何年以上も前になる祭りの夜のことをなつかしく思いだした。

今だからこそ笑い話だが、正直、二度とあんな思いはしたくない。

丈右衛門は疲れたような気がして、欄干《らんかん》にもたれかかった。

眼下を多くの舟が行きかっている。酒樽《さかだる》や米俵、材木、炭俵などをのせた荷船や人をのせた猪牙《ちょき》舟などだ。一人の船頭が櫓《ろ》を漕《こ》いでいる舟もあれば、四人ほどが櫓にしがみつくようにして必死に漕ぐ舟もある。

川幅があってゆったりと流れる大川だが、かなりの混雑ぶりだ。あれでよくぶつからないものだと思うが、そのあたりは船頭たちの腕のよさなのだろう。

丈右衛門はふと、舟か、と思った。死者の襟元には脂粉がついていたとのことだが、女を置き、酒を飲ませて船遊びをさせる舟もある。なかには春をひさぐ者もいる。

もう文之介たちもそのことに気づき、調べたかもしれない。

いや、どうだろうか。本所松倉町の付近は舟が入ってこられるような川や水路はない。

いや、ないことはない。北割下水《きたわりげすい》と横川《よこ》だ。

だが、死者が横たわっていたという本所松倉町の路地からは北割下水が南へ二町以上、横川へは東に三町近くの距離がある。

まだ気がついていないかもしれない。

丈右衛門はきびすを返し、本所に戻った。

まず北割下水に出る。

割下水とは、道のまんなかを流れる掘割《ほりわり》のことを意味する。割下水の両岸が道になっており、流れが道を割っているかのように見えることからこの名がついた。

北割下水沿いにある船宿を、丈右衛門は一軒一軒、人相書を手に当たった。

ただし、船宿にも顔見知りが多く、どこでも丈右衛門がやってきたことをとても喜んでくれた。

それはひじょうにありがたいことだったが、自分が来たことは決して口外しないように丈右衛門は強い口調で頼んだ。

「どうしてなんです」

どの宿の者にもこうきかれた。

「隠居だからだ」

だいたいこれで通じた。

北割下水沿いの船宿では、結局なにも得られなかった。

当たりは大横川に出て、十四軒目の船宿を訪ねたときだった。

「ええ、この人ならこの前、いらっしゃいましたよ。お馴染《なじ》みさんですから」

人相書を見て、宿の女将がいったのだ。そこは船信《ふなしん》という船宿だった。

すでに本所はすぎ、とうに深川に入っていた。深川西町《にしまち》だ。船信は猿江《さるえ》橋そばの大横川沿いにある。

「この顎《あご》のところに三つ、ほくろがありますでしょ」

「名を知っているか」

「ええ、存じておりますよ。兵作《へいさく》さんです」

丈右衛門は人相書に目を落とした。

「そうか、この男は兵作というのか」

「御牧の旦那、あの、こうお呼びしてはもういけないんですか」

「いや、かまわんよ」

女将がうれしそうに笑みを浮かべる。

「兵作さん、どうかなさったんですか」

丈右衛門は伝えた。

「本当ですか」

女将は心から驚いている。

「兵作はなにを生業《なりわい》にしている」

「確か提灯張替《ちょうちんはりかえ》を、といってました。ここでもついでにやってもらったこと、ありましたよ。いい手際でしたけど、あまり商売熱心といったふうではありませんでしたね」

「ほう」

「暮らしに窮したら、商売に精だせばいい、という考えのようでしたよ」

「でもここにはよく来ていたんだな。どこにそんな金があったんだろう」

「亡くなった人のこと、あまり悪くいいたかないですけど、こちらじゃないですか」

小指を立ててみせる。

「兵作はお盛んだったのか」

「取り立てて男前というわけじゃなかったですけど。……女心をつかむのがうまい人、いるじゃないですか」

女将が流し目を送ってくる。

「御牧の旦那は女心をつかむのがうまい上に、男前ですけれど」

丈右衛門は取り合わなかった。

「この前、といったが、兵作が来たのがいつか、ちゃんとした日付がわかるか」

そうきかれて女将が考えこむ。

「あれは六日前のことだと思いますが」

それなら正しい。五日前の朝、死骸は見つかったのだから。

「兵作だが、その夜、一人で来たのか」

「いえ、二人でした」

丈右衛門は目を光らせた。

「もう一人は知っている者か」

女将がかぶりを振った。

「はじめて見るお方でした」

筋骨の張った、がっちりとした男だったという。歳の頃は五十前後。

「表情は少し暗い感じで、今思い起こしても、あまり頭に残らないような顔つきをしていたように思います」

　そうか、と丈右衛門はいった。

「少なくとも兵作とは知り合いだったんだな。どんな知り合いに見えた」

「兵作さんの口ぶりからして、昔なじみという感じでしたね」

　女将が首をかしげ、考えこむ。

「ああ、そうそう」

　娘のように手を打って丈右衛門を見る。

「兵作さん、私にその連れのお方を紹介しようとしたんです。そのとき、その連れのお方が厳しい顔で首を振って、兵作さん、あわてて口をつぐんだんですよ」

「素性を知られたくなかったということか」

　その男が兵作殺しの下手人だとして、つまりそのときすでに兵作に対する殺意を抱いていたということになるのか。

　その後、丈右衛門は兵作ともう一人の男を乗せた舟の船頭と酌婦に会った。

　だが、女将と同じで二人とも、兵作と一緒だった男に関して、人相はほとんど覚えていなかった。

　どことなくすさんだ感じ、というのは共通していた。

　舟は船信に帰らず、二人の客は横川に架かる法恩寺《ほうおんじ》橋近くの河岸におろしたとのことだ。

「うちのほうで飲み直そうじゃないか、ともう一人のお客が誘っていましたよ」

それで、二人は道を北に歩いていったということだ。

その男が兵作殺しの下手人としたら、家に行く途中に殺したことになるのか。それとも、家に行くと見せかけて、あの人通りのない路地に兵作を引きこんだのか。

兵作の住みかは、女将が知っていた。

丈右衛門はこれから行ってみようかとも考えたが、暮れゆく空を眺めて、いや、と首を振った。ここまでくれば、あとは文之介にまかせてよかろう。

問題は、と思った。今日つかんだこの事実をどうやって文之介にうまく伝えるか、ということだ。

四

ようやく炊きあがった飯を、茶碗によそった。

少しお焦げができているが、このくらいのほうがうまいだろう。

文之介は、自分でつくった豆腐の味噌汁をすすってみた。

「なかなかいけるじゃねえか」

本心だった。お春や姉の実緒《みお》がつくったものにくらべれば落ちるだろうが、それなりに飲める味にしあがっている。

ちゃんと煮干しをつかってだしを取った。鍋に入れる前に豆腐の水もちゃんと切った。味噌汁を煮立たせないように気も配った。

その努力が実ったといっていい。

本当ならお春につくってもらいたかったが、あれだけの騒ぎを起こしたあとでは、家に帰らなければならないのは仕方ないだろう。

文之介はたくあんと梅干しをおかずに、飯を食べ続けた。

三杯食べた茶碗に茶を入れて、飲む。格別にうまい。

湯飲みに入れて飲むより、こうして飲んだほうが茶というのはうまいような気がするが、自分だけだろうか。

ああ、でもよかったなあ。

文之介はごろりと寝っ転がりたかった。

瀬川に乗りこむことは、ぎりぎりまで悩んだ。

勇七に殴られたときは、よし、と決意したのだが、やはり当日になれば迷いが生じた。

町奉行所の同心がそんなことをしていいのか、という気持ちがあったし、もしかしたらお春はその商家のせがれのもとに嫁いだほうが幸せになれるのでは、とも考えた。

しかし結局は、自分の気持ちをごまかせない、という思いが勝った。

誰にもお春を渡せるものか。

実際、今日になって風邪を引いて休むという使いをよこしたときから、勇七がなにをするつもりなのか、見当がついていた。

なにしろ十年に一度くらいしか風邪を引かない男が、よりによってお春の見合いの日に風邪っ引きになるのはどう考えてもおかしいのだ。そのことも、文之介のあと押しをした。

お春を無理やり連れだしたことに、後悔はない。

なにか咎《とが》めがあるかもしれないが、それは甘んじて受けるつもりでいる。

まさか腹を切れ、とはいわれないだろう。出仕停止《ちょうじ》、くらいは覚悟しておかなければならないかもしれない。

物音がした。父が帰ってきたのだ。

こんなことは珍しい。ふだんは文之介の帰りのほうがおそいのだ。

またなにかやってるんじゃねえだろうな。

いや、それともお知佳さんのところに行っていたのか。それなら、別に責めることではない。

「父上、お帰りなさいませ」

文之介は箸を置き、台所横の部屋を出た。居間に行き、ていねいに挨拶する。

「おう、ただいま」

座りこんだ丈右衛門が、うん、という顔で見る。

「なにかいいことがあったのか」

いきなりきかれ、文之介はどぎまぎした。

「どうしてです」

「いや、なにかうきうきしているように見えるものでな」

「そうですか」

文之介は顔を両手でごしごしやった。

「探索が進みはじめたのか」

「いえ、なにも」

「そうか」

一瞬、考えるような瞳をして、丈右衛門がじっと見つめてきた。

「お春だな」

なんなんだ、この人は。文之介はうろたえるしかなかった。

「なんだ、図星か」

丈右衛門が微笑する。

「縁談がおじゃんにでもなったか」

丈右衛門が眉根をぎゅっと寄せた。そうすると、いかにも思慮深げな顔になる。

「――文之介、おまえ、なにかやらかしたな」

いきなりいわれ、これにも文之介は驚いた。とてもではないが、隠し通せるものではない。こうして丈右衛門は次々と咎人どもの口を割らせてきたのだろう。

文之介は髪をがりがりとかいた。

腹を決めて、語りだした。

文之介の告白をきき終えると、丈右衛門がはっはっはっと腹を抱えて笑った。

「よくやったな、文之介」

立ちあがり、ぱん、と肩を叩いてきた。遠慮のない叩き方で痛かったが、父に喜んでもらえたのが文之介はとてもうれしかった。

それに、これだけ大声で笑う父を見たのは、久しぶりのような気がする。

「男子たる者、好きなおなごのためならそのくらいしなければな」

しばらく笑い続けてから、ようやくもとの顔に戻った。笑いすぎて目に涙が浮かんでいる。

「今頃、三増屋は大騒ぎになっているんじゃないのか。怒鳴りこまれているかもしれんな」

そういわれて文之介は心配になった。

「大丈夫でしょうか」

「大丈夫だろう。藤蔵はあれで狸《たぬき》だからな、きっとうまくおさめてくれるさ」

すっと表情を引き締める。

「よし、おまえが正直に話したから、わしもそうするとしよう」

なんのことだ、と文之介は見つめた。

「わしがおそくなったのは、いろいろ調べていたからだ」

「殺された男の事件ですね」

「まあ、黙ってきけ」

丈右衛門の声には有無をいわさぬ力があり、文之介は口を閉じるしかなかった。

丈右衛門は懐から一枚の紙を取りだし、畳に広げた。

文之介は驚いた。殺された男の人相書だ。

「どうしてこれを」

「ある男から入手した」

ある男、と文之介は考えた。そんなことをする者は一人しかいない。

「桑木さまですね」

丈右衛門がにっと笑う。

「まあ、そのあたりはきくな。——この人相書を手に、ちょっと調べてみたんだ。手がかりがあったぞ」

「本当ですか」

文之介は叫ぶようにきいた。

「うむ。この男の名と住みかがわかった」

「まことですか」

「誰が調べたと思っておる」

文之介はごくりと息をのんだ。

「この男は、誰でどこに住んでいたのです」

「その前に、どういう形を取って、そこまで突きとめたか話そう」

文之介としては、それもききたかった。どうやって丈右衛門は立ちふさがる壁を切り崩したのか。

丈右衛門はただ事実だけを淡々と話した。

船宿か、と文之介は感嘆した。やはり目のつけどころがちがう。

江戸は川の町だ。どこに行くにも舟をつかう者が多い。しかも暑くなりつつある今は、船遊びをするには花見の時季よりいいかもしれない。

舟に女を侍《はべ》らせ、酒を酌《く》む。きっとうまいにちがいない。

「ありがとうございます。ご苦労さまでした」

文之介は素直に礼をいった。人相書に目を向ける。

「それで、この男はなんという名で、どこに住んでいたのです」

五

すすけた壁が目に入る。

見ると気分が落ちこむので、島右衛門としてはあまり目にしたくはないのだが、どの壁もそうだから仕方なかった。

行灯が一つ、すり切れた畳の上に灯されているだけで、店のなかはひどく暗い。

それでも二十畳ほどある部屋は、ほぼ一杯といっていい。間仕切りを立てているために隣にいる者の顔は見えないが、声はほとんど筒抜けだ。

密談をするのにこれほどふさわしくない店もなかったが、今はどうしようもない。

島右衛門はうつむいて、酒を飲んだ。

うまい酒ではない。どうせ、江戸の近在で醸されている安酒だろう。

昔は、とろりとするくだり酒しか飲まなかった。あの甘ったるすぎるほどの味がなつかしい。昔なら、こんな酒、口に含んだ瞬間、吐きだしていたにちがいない。

いや、昔というほどではない。まだ六、七年前にすぎない。あの頃は、うまい酒しか飲まなかった。まわりの者もそれを知っていて、とにかくいい酒を供してくれたものだ。

それが、今ではこんな酸っぱいだけの酒を飲んでいる。

「どうかしたんですか」

安房造がきく。安房造はうまそうに杯を傾けている。

この男はもともと酒の味などわかりはしない。酔えればいいと思っている。

正面であぐらをかいている村中章之介は板壁に背中を預け、無言だ。もともとあまり酒は好きではないようで、肴《さかな》ばかりに箸をのばしている。

章之介が豆腐を箸で切り、醬油をつけて口に運んだ。うまいのかまずいのか、なにもいわない。豆腐なのに妙に長く咀嚼《そしゃく》している。

「お味はどうです」

島右衛門はたずねた。

「味だって。豆腐の味さ。だがこんな店の豆腐だ、たいしてうまくもねえよ」

「そうでしょうねえ」

島右衛門も豆腐を食べた。水っぽくて、嚙むまでもなくどこかに行ってしまった。

島右衛門はたくあんを箸でつまんだ。口に放り入れ、ぽりぽりと音をさせる。飯がほしくなった。

島右衛門は小女を呼んだ。やってきた小女が、ご飯は一つでいいですか、ときく。

「村中さんはどうします」

「もらおう」

安房造もほしいというので、三つ頼んだ。

すぐに飯はやってきて、目の前に丼が置かれた。炊き立てなのか、ほかほかと湯気があがっているのは意外だった。

島右衛門はたくあんと梅干しであっという間にたいらげた。

安房造も早食いで、たいして間を置かずに食べ終えた。

章之介はそのそと箸を動かしてはゆっくりと咀嚼している。いかにもちびちびとした食べ方だ。

これで、剣のほうはとてつもない遣《つか》い手《て》というのだ。しかも、なにやら秘剣すらものにしているという。とても信じられない。

前に、ちっちゃい子供みたいな食べ方ですねえ、と軽い冗談のつもりでいったらすごい目でにらまれたことがある。

島右衛門は杯に残った酒を黙って飲んだ。

「どうだ、あの手習師匠の暮らしぶりは」

島右衛門は安房造に問うた。

自分に向かってきかれたことに気づいて、安房造があわてて杯を置いた。

「あの女ですか。いたってふつうですよ。別におごったところもありませんし、手習子たちにも慕われているようです」

「美形らしいな」

「ええ、とても」

手習師匠のことが話題に出るや、章之介が目をあげた。今にも刀を抜きそうな瞳をしている。

島右衛門はぞっとした。いくら剣が遣えるからといって、この男を引きこんだのはしくじりだったような気がしてきた。

「村中さま、そんなお顔をしないでください。わしや安房造がなにかするというわけではないですから」

「そんなことはわかっておる」

章之介がまた飯に戻った。

「旦那、いや、島右衛門さん。本当にお師匠さん、金を持っているんですか」

しっ、と島右衛門は人さし指を口に当てた。

「声が大きい」

ささやき声で叱責《しっせき》し、間仕切りから少し顔をだしてまわりをうかがう。

客たちはみんな自分たちのおしゃべりに夢中で、一人として島右衛門たちに関心を向けてはいない。

島右衛門は安房造にいった。

「元留守居役の娘だぞ、持っていないほうがおかしい。どこか市中の両替屋にでも預けてあるんだろうけどな」

「そうなんでしょうねえ」

「それで島右衛門、明日の夜、本当にやるのか」

いつの間にか飯を食べ終えていた章之介が、横から口をだしてきた。

「ええ、そうですよ」

島右衛門は、仕草で顔を寄せるように、章之介と安房造に示した。

「何刻に忍びこむんだ」

章之介が声をひそめてきく。

「九つはすぎているほうがいいでしょう」

「そうだな。そのあたりなら、お師匠さんの眠りも深かろう」

章之介がやせた頰をなで、下卑《げび》た笑みを見せる。

「どこから忍びこむ」

「教場です」

「あそこは雨戸が閉まっているはずだが」

「村中さまの腕なら、雨戸などはずすのは造作もないでしょう」

「俺にやらせるのか」

「是非ともお願いします」

ていねいに頭を下げる。

「そこまでいわれちゃあ、やらねえわけにはいかねえな」

章之介がちろりを持ち、自らの杯に注《つ》いだ。一気に口に流しこむ。

「大丈夫ですか」

「別に飲めねえわけじゃあないんだ」

とんと音をさせて、杯を置いた。

「お師匠さんをさらい、両替屋からすべての金を引きださせる。手立てとしてはこれでいいんだな」

ええ、と島右衛門は答えた。

「弥生のやつ、両替屋にいくら預けてあると思う」

「そうですねえ」

島右衛門は腕を組んだ。

「観築の野郎は、例の三万両のうち、おそらく十分が一は自らの懐にして致仕《ちし》したはずです」

「大金だな。俺のわけ前は三分が一でいいんだな」

「もちろんです」

章之介がにんまりする。

「島右衛門、おぬしも三分が一か」

「いえ、ちがいます。安房造には五百両やります」

「なんだ、おぬし、俺より多いのか」

「この企てを考えたのが誰で、誰がここまで持ってきたか……」

「まあ、そうだな。俺など、おぬしに仲間に加えられただけで喜ぶべきなんだろう」

章之介が口を近づけてきた。

「金を手にしたあと――」

わずかに間が空く。見ると、章之介の頬が赤くなっていた。

「弥生を好きにしていいのだな」

「むろんですよ」

島右衛門は笑いかけた。

「昔から惚れていたのでしょう」

目の前に弥生がいるような目をして、章之介が口許《くちもと》をゆるめる。どこか赤子を思わせる顔だ。

「ああ。大好きだった」

六

勇七の足取りが軽い。

「勇七、ありがとうな」

文之介はあらためて礼をいった。

「なんのことです」

「昨日のことさ」

「あっしはなにもしてませんよ」

「いや、してくれたんだ。俺の背中を押してくれた」

その言葉で勇七は考えたようだ。

「じゃあ、あっしが仮病だってこと、わかっていたんですね」

「まあな」

「ふーん、さすが旦那ですねえ」

「ほめるな、照れるぜ」

「そのあたりは、ご隠居にやっぱり似てるんじゃないですかね」

「親父が照れ屋か」

「照れ屋だと思いますよ。でもあっしがいいたいのは、旦那の勘のよさや頭のめぐりのはやさは、ご隠居から受け継いだんじゃないかって、ことです」

「そうかな」

「あまりうれしくなさそうですねえ」

「そんなことはねえよ」

文之介は否定した。

「受け継いでいるんだったら本当にうれしいさ。でもそうは思えねえから、そのあたりが駄目なせがれとしてはつれえところだ」

「旦那は、駄目なんかじゃありませんよ。前はちっと頼りないところがありましたけど、だいぶましになってきましたし」

「ましになったくらいじゃ駄目なんだよ」

「でもご隠居だって、今の旦那の歳の頃に完璧《かんぺき》な同心だったかというと、そんなことはなかったんじゃないですかね」

文之介は少し考えた。

「そうかもしれねえな」

「ですから旦那もがんばれば、すぐにご隠居の域に達するんじゃないですかね。いや、旦那のことだから、ご隠居をちゃっちゃっと追い越しちまいますよ」

「そうか。ちゃっちゃっとな」

文之介は感じ入った。

「勇七、おめえはなんていいやつなんだ」

「ありがとうございます」

勇七が小腰をかがめる。

「このくらいいっておけば、当分機嫌よく仕事してくれるだろうな」

文之介は勇七をのぞきこんだ。

「なんだ、なにかいったか」

「いえ、なにも」

文之介は一つ首をひねってから、歩きだした。勇七が続く。

「旦那、兵作さんの家に向かっているんですよね」

「そうだ」

「でも、さすがにご隠居ですねえ」

「まあな。ほんと、かなわねえなと思うよ」

「桑木さまには話したんですか」

「ああ。これだけの事実、俺の胸に秘めておくわけにはいかねえ。これで解決に一歩近づいたな、と桑木さまは喜んでいらしたよ」

「そうなんでしょうねえ。でもご隠居、急にどうしたんでしょう」

文之介は振り向いた。

「勇七、おめえもそう思うか」

「ええ、不思議ですよ。これまで旦那を信じてまかせていた感じがあったのに、急に現役に戻ったように探索をはじめるなんて」

「俺は、お知佳さんとなにかあったんじゃねえかってにらんでる」

「お知佳さんですかい。どんなことです」

「それはわからねえが、気を紛らわそうとしたんじゃねえのかな」

「なるほど、そうですか」

勇七が案じ顔をする。

「うまくいってないんですかね」

「歳が離れているからな、いろいろむずかしいのかもしれねえ。歳が近くたってうまくいかねえんだから」

「歳が離れていても、うまくいく人たちはたくさんいますよ」

「まあ、そうなんだけどよ。親父はあれで、気をつかうからな」

「そうですねえ。ご隠居の気づかいは見事ですものねえ。旦那はそのあたり、まだまだ足元にも及ばないですねえ」

「気づかいができなくて悪かったな」

「それもきっとじきですよ」

勇七が目の前の木戸を見あげた。

「旦那、ここじゃありませんかい」

文之介は立ちどまり、木戸の内側に広がる町並みを見た。

「そうだ、ここが深川猿江裏町だ」

木戸の脇に建つ自身番に入る。なかにつめていた町役人に、兵作の長屋の場所をきいた。

「兵作さん、どうしたんです」

町役人の一人がきく。

「ここしばらく顔を見ませんけど……」

文之介は伝えた。

「ええっ、本当ですか」

「残念ながら本当だ。それで、俺たちがやってきたんだ」

兵作の住む裏店《うらだな》に、その町役人が案内してくれた。

だいぶ高くなった朝日を浴びて、長屋の屋根が白く光っている。裏店とはいえ、けっこう日当たりはよさそうだ。

長屋の木戸をくぐる。八軒ずつの店が、路地をはさんで向かい合っている長屋だ。

左手の奥から二軒目で町役人は足をとめた。

提灯張替、と障子戸のまんなかに大きく墨書され、その文字の下に、承りますと小さく記されている。

井戸のそばで、長屋の女房らしい女たちが五、六人かたまって世間話をしていた。

文之介たちを見て、一様に眉をひそめた。

そのうちの一人がずんずんと歩いてきた。ずいぶんとやせているが、狐を思わせる目のつりあがり方が気の強さを感じさせる。

「兵作さん、いませんよ。ずっと店をあけているんです」

「ああ、知っている」

女が目を光らせる。

「兵作さん、なにかしたんですか」

いきなりきいてきた。その口のきき方の遠慮なさに、勇七がなにかいいかける。

文之介は手で押さえた。

「兵作って男は、なにかしでかすような男なのか」

「いえ、別にそういうわけではないんですけど」

文之介は女の表情から読み取った。

「遊び人なんだな」

「ええ、実は」

「博打《ばくち》もやるのか」

「あれはもう病気でしたね。借金もあるんじゃないですか」

どんな事情があって文之介たちがやってきたかまだ知らないのに、ここまで口にしてしまうとは、兵作はよほどきらわれていたようだ。

「おかねさん、兵作さん、死んじまったそうなんだよ」

これ以上死者を傷つけないようにするためか、町役人が伝えた。

ええっ、とおかねという女がひっくり返りそうになった。ほかの女房たちも呆然《ぼうぜん》としている。

「博打はどこによく行っていた」

博打での借金絡みで殺されたのかもしれない。

「うちの人や長屋のほかの人も誘ったりしたんですよ。うちの人、しばらく病みつきになっちまって、やめさせるのに本当に苦労したんですから」

「たいへんだったな」

「あら、こんな話をお役人にしちまったわ」

「おまえさんをつかまえる気などさらさらない」

文之介は微笑した。

「それで、賭場《とば》はどこだ」

「うちの人がいってましたけど、この先の広養院《こうよういん》というお寺だそうです」

胸をなでおろした様子のおかねが東を指さした。

「五、六町ほど行ったところです。南十間川《みなみじっけん》のほとりですよ」

寺なのか、と文之介は思った。となると、少し厄介だ。支配ちがいということで、寺社奉行に探索を依頼しなければならない。

「そうか、ありがとう」

文之介はおかねに礼を述べた。

「兵作は提灯張替屋だそうだな。仕事は熱心ではなかったそうだが、本当なのか」

「ええ、本当です」

おかねが答える。

「気の向いたときにしか、やらないんですから。もともと上方《かみがた》の人だから、そういう気性なのかもしれないですけど」

「兵作は上方の出なのか」

文之介は町役人にきいた。

「ええ、そうみたいですね。詳しくは知らないんですが」

文之介はおかねに目をやった。

「兵作さん、ときおり口をついて出る言葉がそうでしたよ」

文之介は昨夜のことを思いだした。丈右衛門は船宿の船頭や酌婦の話として、そんなことはいっていなかった。

ということは、意図してそのとき兵作はつかわなかったのかもしれない。

「そういうわけなんで、兵作さん、あまり江戸になじんでいなかったと思いますよ」

おかねが続けた。

というより、この長屋になじまなかったのだろう。

「兵作はかなり家をあけていたのだな」

「ええ、もう七日くらいになりましょうか」

そんなに帰ってこなくても、誰からも届けがだされなかった。

「でも四、五日くらいなら、店をあけるなど珍しいことではなかったんですよ」

別の女房がいった。

「兵作はいつからこの長屋に住んでいる」

「六年ほど前です」

「友達はいるのか」

「男の友達は知りませんけど、女が何人もいますよ。よく連れこんでいましたから」

「ほう、何人もいるのか」

「ええ、お盛んでしたね」

「そうか。うらやましいな」

「旦那、そんなこといってるときじゃないでしょう」

勇七がうしろからたしなめる。

わかってるよ。文之介は咳払いした。

「その数多い女のなかで、おまえさんたちが知っている者はいるか」

おかねが胸を張った。

「ええ、一人存じてます」

その娘に会いに行く前に、深川猿江裏町の名主に会い、人別帳を見せてもらった。

兵作は、以前は逢坂屋《おうさかや》という店に奉公していたことが判明した。

「逢坂屋はどこにある」

文之介は名主にきいた。

「いえ、もうないんだそうですよ。六年くらい前に潰れた、と兵作さん、この町に来たときにいっていましたから」

逢坂屋があったのは、深川元町《もとまち》ということだ。ちぎれたように飛び地になっている町だが、逢坂屋があったのは、大川沿いの深川元町だそうだ。

「旦那、先にどちらに行きます」

名主の家を出て、勇七がきく。

「そうさな、潰れちまった店があった場所を見るより、生きている者から話をきいたほうがいいだろう」

七

千種屋《ちぐさや》という看板が路上に置かれ、饅頭と記された幟が風に吹かれている。

「ここだな」

文之介は、どこにでもあるつくりの茶店を眺めた。

深川神明《ふかがわしんめい》門前に茶店はある。森下《もりした》富士《ふじ》があることで知られる神明宮の参道脇だ。

「ちょうどいいや、勇七、茶の一杯でも飲んでいこうじゃねえか」

「饅頭も食べる気なんでしょ」

「頼んだほうが、話も弾むだろう」

文之介と勇七は縁台に腰かけた。

大川が近いこともあり、涼しい風が吹き渡っている。

今日は陽射しが強く、汗ばむを通り越していたので、この風はとてもありがたかった。

「お峰《みね》ちゃんはいるかい」

文之介は、注文を取りにやってきた小女に茶と二皿の饅頭を頼んでから、たずねた。

「はい、私ですけど」

小女が驚いたようにいう。

小女というには、少し歳を取りすぎているだろうか。あと二、三年で三十路《みそじ》を迎えるくらいに見えた。

「ああ、おめえさんがお峰ちゃんか」

「あの、どういうご用件でしょう」

「まずは、お茶と饅頭を持ってきてくれねえか」

はい、ただいま、とお峰は奥に去っていった。

すぐに戻ってきて、茶と饅頭の皿を縁台に置く。そのまま立ち尽くしたように、文之介の言葉を待っている。

「兵作のことだ」

前置きなしにずばりいった。

お峰が息をのむ。なにかいいかけて口をわななかせたが、文之介の言葉に耳を傾ける風情だ。いじらしさを感じさせる女だった。

「おめえさん、兵作とつき合っているらしいが、本当か」

「あの、兵作さん、なにかあったんでしょうか」

文之介は腹に力を入れ、お峰に告げた。

きいた瞬間、お峰がふらりとうしろに倒れそうになった。

文之介と勇七は同時に立ちあがり、お峰を支えた。

「大丈夫かい」

はっと気づいて、お峰はなんとか自分の力で立った。

「すみません」

「もう手を放しても大丈夫だな」

お峰がしっかりとうなずく。

「兵作のことで話をききてえんだが、今話せるか」

お峰がわっと泣きはじめた。まるで文之介が泣かしたように見える。

店の者や神明宮の参道を行く者が、どうしたんだろうというような目を向けてきた。なかには、責めるような顔をしている者もいる。

文之介と勇七は、お峰が泣きやむのを待つしかなかった。

「どうして殺されたのです」

ぼろぼろと大粒の涙をこぼしつつ、いきなり問う。

「それを知りたいんだ」

お峰はなにも知りません、とばかりに大きく首を振り、また泣きはじめた。

「あの人はうらみを買うような人じゃありません」

下を向いていった。

「とてもやさしい人でした」

「おまえさん、だいたい五日に一度くらいは兵作の長屋に行っていたそうだな」

かわいそうな気がしたが、もういいだろう、と文之介は質問をはじめた。

「最後に会ったのはいつだ」

「十日ほど前だと思います」

お峰が手ふきで涙をぬぐった。

「そのあと何度も訪ねたんですけど、いつもいなくて……」

「最近、兵作になにか変わった様子はなかったか」

長屋の女房たちは、別になかったですねえ、といっていた。いつも通り、ろくに仕事もせずふらふらしてましたよ。

「いえ、気がつきませんでした」

お峰はかぶりを振った。

「うらみを買うような人ではないといったが、本当にそうかな。よく考えてみてくれんか」

「——本当にやさしい人でした」

「兵作に友達はいたか」

「……きいたことはありません」

「おまえさん以外に女は」

お峰が眉根にしわを寄せる。

「いるはずがありません」

「おまえさん、兵作とはつき合いが長いのか」

文之介は、この店が逢坂屋のあった深川元町と近いことを念頭にたずねた。

「ええ、兵作さんがお店の奉公人だった頃からですから」

「もう十年くらいになるのか」

「はい、そのくらいになるものと」

「どうして一緒にならなかった」

お峰が手ふきを目に押し当てる。

「私は一緒になりたかったんですけど、兵作さんが一人のほうがいい、と思っているようでした」

「兵作が博打好きだったのは知っているか」

「ええ。お金を無心されたこともあります」

それでも好きな男は好きなのだ。

お峰がすっと顔をあげた。

「今、兵作さんはどこにいるんです」

二日ほど本所松倉町の自身番に置かれていたが、今はもう無縁仏として松倉町の寺に葬られている。

文之介はその寺の名と場所を教えた。

「そうですか。もう埋められちゃったんですか」

「行くのか」

「そのつもりです」

文之介はお峰の肩を軽く叩いた。やせて、ほとんどやわらかさは感じられなかった。

「あまり気を落とさんようにな。話がききたくなったら、また来る。おまえさんもなにか思いだしたことがあったら、遠慮なく知らせてくれ。飛んでくるから」

文之介と勇七は逢坂屋の跡を見に行った。

近所の者に話をきくと、逢坂屋が潰れたあと別の商家が入ったが、それも三年前の火事で焼けてしまったという。

逢坂屋の奉公人の消息を知っている者は、近所にはいないようだった。

八

苦戦だ。

丈右衛門は湯飲みを取りあげ、茶を喫した。顔をしかめる。

「おや、熱すぎましたかな」

目の前に座る藤蔵は、丈右衛門が猫舌であるのを知っている。

「熱いんじゃない。苦いんだ」

「えっ、さようですか」

藤蔵が自分の茶をびっくりしたように飲む。

「さほど苦いとは思えませんが」

丈右衛門は盤面を見おろした。

「将棋のせいさ。わしに有利になれば、甘みも感じるんだろうが」

「でしたら当分、苦いままでしょうな」

藤蔵がしらっと口にする。

「いってくれるな」

丈右衛門は熟考の末、銀を右にあげた。攻勢に出るための第一歩だ。

「おや、そんなところがあきますか」

藤蔵がにんまりする。

うん、と思って見ると、角道《かくみち》をあけてしまったことに丈右衛門は気づいた。

「藤蔵、待った」

「御牧さま、三度目ですよ。次はもうありませんから」

「つかいきっちまったか。できたら五度にしてくれんか」

藤蔵が苦笑する。

「勝負がつまらなくなりませんか」

「わしは勝てればいい」

「それでしたら、五度でもけっこうでございますよ。ただし、それでも手前には勝てないと思いますが」

ふふ、と丈右衛門は笑った。

「さて、どうかな」

自信たっぷりにいい、戻した銀の代わりに歩をあげた。

「おや、今度はそこですか」

うれしそうにいって藤蔵が飛車を手にした。

「あっ、待った」

歩がほとんどただなのがわかった。しかもその歩は孤立し、飛車に取られたら、そこから一気に陣を突破されるのは明らかだ。

丈右衛門は歩を戻した。仕方なく、陣内の金を左上に動かし、お茶を濁した。

「ほう、それですか」

しめた、といわんばかりに藤蔵が再び角を手にする。

さっき戻したばかりの銀が、今の一手で標的にされることに丈右衛門は気づいた。

「また待ったですか」

「いや、せん」

丈右衛門は自らにあきれている。

「したところで、同じだ」

結局、この勝負は藤蔵の圧勝だった。丈右衛門は一朱を払った。

二度目の勝負も藤蔵の勝ちで終わった。丈右衛門は手も足も出なかった。待ったは五度つかったが、仮にそれが十度だったとしても勝ち目はなかった。

二朱を手にして、藤蔵は無邪気に喜んでいる。

「御牧さま、もうおしまいですか」

ここでやれば二朱は返ってきて、さらに一朱増えるのはわかっている。賭《か》け金をあげて、藤蔵がわざと負けてくれるからだ。

「いや、今日はここまでにしておこう」

「えっ、さようですか」

「うむ。それに、実を申せば将棋を指しに来たわけではないからな」

「ほう、そうなのですか」

丈右衛門は姿勢をあらため、深く頭を下げた。

「迷惑をかけて申しわけなかった」

「なんのことです」

藤蔵がびっくりし、お顔をおあげください、とあわてていった。

「なんのことか、わかっているのだろう」

藤蔵がにっこりと笑う。

「ええ」

丈右衛門は盤面に目を落とした。

「藤蔵、やっぱりもう一番やるか」

「賭け金は三倍でよろしいですか」

「よかろう」

藤蔵がいそいそと駒を並べる。丈右衛門もすぐにそろえ終えた。

「御牧さま、先手でどうぞ」

「すまんな」

丈右衛門は遠慮なく歩をつまみ、前にだした。藤蔵も同じようにする。

「先方はなにかいってきただろう」

「ええ、まあ」

「取引先か」

「いえ、ちがいます。取引先の紹介です」

「どんなことをいわれた」

「たいしたことはないですよ。なんなんだ、あの娘は、という感じで向こうから断ってきましたが。好きな男がいるのならいる、と最初からいってほしかった、と」

丈右衛門は藤蔵を見た。なにもなかったかのように平然としている。

このあたりは器の大きさだろう。

「商売に障りが出るようなことはないのか」

藤蔵がにっこりと笑う。

「縁談が駄目になったくらいで障りが出るような取引先でしたら、こちらからお断りですよ。――御牧さま、次の一手は」

「ああ、そうだったな」

丈右衛門は将棋盤を見、さっきとはちがう歩を進めた。藤蔵もそれに合わせてきた。

町方同心による見合いの場からの連れ去りという、考えてみればものすごい事実があっても、三増屋の商売に変わりがない、というのがわかって心から安堵した。

「先方には、文之介さんのことはばれておりませんから、ご安心ください」

軽く頭を下げて藤蔵がいう。

「確かに、ばれたら問題になるよな。だが、ばれたらばれたで仕方なかろう。そのときは文之介も潔く処分を受けるさ」

「処分になりますか」

「なるだろうな。町人の手本となるべき町方同心が町娘を連れ去ったんだ。いくら好きな娘だからって、許されることではあるまい」

丈右衛門は銀を前にだした。

「馘《くび》とか」

「どうかな。そこまで重くないだろう。謹慎はまちがいないだろうが。……せいぜい十日から半月といったところだな。案ずることはない」

「でもお春ごときのことで文之介さまの将来がなくなってしまうのでは、と手前、肝が冷えます」

「お春ごときではないさ。あいつはお春のためなら、職をなげうってもいい、とそこまで覚悟したのではないかな」

「そこまでお春のことを」

「子供の頃からずっと好きだったんだ。今さらほかの娘に心も移せなかろう」

「御牧さま、そういうのを一途《いちず》、というのではございませんか」

「うん、とてもいい言葉だな」

それから二人はしばらく無言になり、将棋に集中した。

「御牧さま、お春の機嫌がずいぶんといいんですよ。顔をご覧になったら、きっと驚かれますよ」

角を飛ばして藤蔵がいう。

「ほう」

「見合いの前は、ふさいでいたんですよ。自ら進んで受けたとはいえ、いやだったんでしょう。それが一転、今はなんというか娘らしくきらきらしています。我が娘ながら、本当にまぶしいくらいですよ」

「へえ、そうなのか」

丈右衛門は角を取り、それから一気に王手に持っていった。

わざと負けようとしているくせに藤蔵は巧妙に逃げまわって、なかなか詰めまでには至らなかったが、最後は頭金にして丈右衛門はようやく決着をつけた。

三朱をせしめる。

「御牧さま、次は手前が勝たせていただきますよ」

藤蔵が悔しそうにいう。なかなかの役者だ。

「藤蔵、次は勝ち逃げしたほうがいいぞ」

「必ずそうさせていただきます」

廊下を静かに歩く足音がする。それが部屋の前でとまった。

「失礼します」

襖があき、お春が入ってきた。

ほう。丈右衛門は目をみはった。

藤蔵のいう通りだ。肌がつやつやし、全身が輝いている。恋をしている娘の顔だ。

丈右衛門は正直、文之介がうらやましかった。

「どうされました、おじさま」

正座したお春が背筋をのばしてきく。

「なにが」

「急に暗い顔をされたので」

「そうか」

お春がじっと見る。

「お知佳さんですか」

さすがに鋭い。丈右衛門は表情を変えかけたが、なにげなさを装った。

「さて、どうかな」

「うまくいっていないんですか」

「こら、お春」

さすがに藤蔵がたしなめる。

「いや、かまわんよ」

丈右衛門は笑みをつくった。

三十以上もの歳の差。もし一緒になったとしても、それこそお知佳の未来を奪うことになりそうで、丈右衛門にはなんともいえない怖さがあった。

九

不意に目が覚めた。

弥生は布団の上で身じろぎした。今、物音がしなかっただろうか。

わからない。空耳かもしれない。

心を落ち着け、弥生は耳を澄ませた。

なにもきこえない。やはり空耳だったのだろうか。

ふう、と息をついた。

今、何刻だろう。かなり眠った感じがある。九つはもうすぎているのではないだろうか。真夜中なのはまちがいない。

弥生は目を閉じ、再び眠りにつこうとした。

だが、どうにもいやな感じがしてならない。

このところ、ずっと誰かに見られているような気がしてならないのだ。

文之介が手習子たちと一緒に来たとき、このことを話そうか、と思った。

だが、もしなんでもなかったら。

町方同心の手を煩わせるような大ごとにはしたくなく、弥生はなんでもありません、といったのだ。

でも、もし本当に誰かに見張られていたら。そして今、その何者かが忍びこもうとしていたら。

胸がどきどきしてきた。もう眠れない。

弥生はぱちりと目をあけ、布団の上に起きあがった。息をつめる。

また小さく音がした。木のきしむような音だ。教場のほうだ。

夕方、しっかり雨戸を閉めたが、それが無理にあけられているようにきこえた。

勘ちがいではない。

弥生は立ちあがった。寒くはないが、上に薄い綿入れを羽織る。

暗い。行灯に火を入れそうになって、とどまった。

目が闇《やみ》に慣れている。灯りがなくとも動くことはできそうだ。

そっと襖をあけ、寝所を出る。

男のひそめた声がきこえた。弥生はどきりとした。ささやくような声で、話し合っているように思えた。

一人ではない。もっといるのだ。

どうしよう。怖い。怖くてならない。

ここにいてはならない。腹に力をこめ、弥生はさらに足を進めた。

またささやき声がした。それに応ずる声が二つしたようだ。

忍びこんできた男は、少なくとも三人はいる。

意外に冷静な自分を認め、こんなときだが頼もしさを覚えた。

どうする。

家の外に出たほうがいい。弥生は廊下に足を踏みだそうとした。

「そちらだな」

間近で男の声がし、弥生は縮みあがった。心の臓が激しく鼓動を打ち、その音がすぐそばの男に届くのでは、と思った。

男の気配は襖一枚へだてた向こうだ。かすかに畳が沈みこむ音がする。

そちらというのがなにを指すのか。私の寝間ではないのか。

何者とも知れない男たちは、私を的に忍びこんできたのか。

どうして。

ここで考えたところで、答えが出るはずもなかった。今は逃げることを考えなければ。

弥生は男たちの気配が遠ざかるのをしっかりと確かめてから、再び動きだした。

盗賊になったような気持ちで廊下を歩き、教場に向かう。

音を立てずに外に出る手立ては、男たちが入ってきたところだけだろう。

教場の襖が半分あいている。そこから教場に足を踏み入れようとして、弥生は立ちどまった。

もしここに見張りがいたら。

弥生は慎重になかをうかがった。

やはり雨戸ははずされたようだ。庭に面した障子はすべて閉じられているが、一枚だけ月光が当たって、明るくなっている。

その光を透かすようにして、教場を見つめる。人影はない。

こんなところでときはかけていられない。寝所に自分がいないことを知り、いつ男たちがやってくるかしれないからだ。

いや、もうすぐうしろに迫っているかもしれない。

そう思ったら、弥生はいても立ってもいられなくなった。

教場を走り抜け、障子をあけて庭に出た。植えこみの陰に身を隠す。

弥生は空を見た。月はないが、星が一杯だ。星明かりで、庭は雪が降ったかのように白く輝いている。

それがとても美しく見え、こんなときだが弥生は息をのむ思いだった。

はっと身をすくませた。

教場の障子のあたりで、人影が動いたからだ。一人が庭に出てきた。くそ、あの女、どこに行きやがった。

やはり私を捜しているんだ。でもどうして。

弥生は男を凝視した。

男はほっかむりをしており、顔は見えない。がっちりとした体格をしている。

ちがう一人が出てきた。同じようにほっかむりをしているが、こちらはやせている。やや猫背だ。

さらにもう一人が庭におりてきた。この男もほっかむりをしているが、腰に大小を差している。

侍までいるのか。

弥生は男たちが何者なのか、恐怖を忘れて本気で見極めようとした。

侍がぴくりとし、首を動かしてこちらを見る。目を凝らしはじめた。

しまった。見つめすぎた。

弥生は息をとめて静かに顔をおろし、侍の視野からはずれようとした。

「どうかしたんですかい」

男のささやき声がした。

「あの植えこみが気になるんですかい」

「ああ」

侍が低く返す。

心の臓が凍りついた。どうしよう。

「行ってみますか」

男たちが近づいてきた。

弥生は音を立てないように綿入れを脱ぎ、そっと顔にかぶった。そのまま土の上で縮こまる。

私は庭石よ。自分にそういいきかせた。

ここに引っ越してくるまですごしていた屋敷では、よくかくれんぼをした。

そのときを思いだし、弥生は心のなかで唱え続けた。私は石、石よ。

どのくらいときがたったか。

気がつくと、男たちの気配はどこにも感じられなかった。

ほっとしたが、綿入れから顔をだす気にはなれなかった。

今もそこにいて、私が動くのを待っているのでは、という気持ちを払いのけられない。

夜明けまでじっとしていた。

腰や膝、足首が痛くなったが、我慢して身じろぎ一つしなかった。

動くと、ここにいることを知られ、やつらが戻ってくる気がしてならなかった。

長くて長くてたまらなかった。このまま永久に日がのぼらないのでは、と思ったほどだ。

しかし明けない夜はなく、やがてあたりが明るくなったのが綿入れを通してもわかるようになった。

人が起きだしたらしい気配があちこちから響いてくる。

すぐそばの道を、人々が行きかいだした気配が伝わる。

弥生は思いきって綿入れをはねのけ、生垣のほうへ顔を向けた。

これから仕事場に行こうとしている、近所の職人の姿が見えた。

「おい、起きろ」

体を揺さぶられているのに気づいたのは、声が父のものと解してからだ。

文之介は目をひらき、丈右衛門の大きな顔が目の前にあるのを見た。

起きあがり、おはようございます、とまだ寝ぼけて挨拶した。

「おはよう。勇七が来ているぞ」

「勇七が」

文之介は部屋のなかを見まわした。漂う明るさからして、まだ六つをいくらもすぎていないだろう。

「こんなにはやくですか」

「はやく行け」

文之介は身支度して、玄関に向かった。

「どうした、こんなに朝はやく」

勇七に問いかける。

「実は――」

文之介は、勇七の説明に耳を傾けた。

「弥生ちゃんが。そうか、はやく行こう」

さすがに驚きが大きく、文之介は勇七をしたがえて駆けだした。

射しこんでくる朝日を突っ切るようにして走る。

箱崎町二丁目の自身番に駆けつけると、弥生がいた。

青い顔をして、狼を目の前にしたうさぎのように震えている。

「勇七さん」

一目見るなり、跳びあがるようにして抱きついた。

「ちょっと弥生さん、まずいですよ」

勇七は引き離そうとするが、弥生はしっかりしがみついて離れない。

自身番につめている町役人や書役が、弥生の大胆さに目を丸くしている。

抱きつかれた勇七を見て、文之介は顔をしかめた。

どうして俺じゃねえんだ。おもしろくねえな。——ま、いいか。今の勇七みたいなところを、二度とお春に見られたくねえからな。

なんとかしてください、という目で勇七が見ている。

「弥生ちゃん、話をきかせてくれねえか」

文之介は声をかけた。

「いったいなにがあったんだい」

弥生がようやく勇七から離れた。勇七がほっとしている。

弥生から事情をきき、文之介たちは弥生とともに三月庵に向かった。

そのあいだ、おびえ顔の弥生は、ずっと勇七に寄り添うようにしていた。

三月庵のなかはひどいものだった。荒らされている。むちゃくちゃだ。

文机がひっくり返され、簞笥《たんす》も引出しがすべてあけられている。押入もすべてあけ放たれ、そこに入っている物が引っぱりだされていた。

「ひでえな。物取りかな。それとも、なにかを捜していたのかな」

文之介がいうと、弥生はかぶりを振った。

「ちがいます。これは、そう見せかけるためだと思います」

「どういうことだい」

勇七も興味深げな目を弥生に向けている。

「自身番では申しあげるのを失念してしまったんですけど、あの男たちは私を捜していました。私が逃げて、狙いをごまかすためにこんなことをしたのだと思います」

「弥生ちゃんを捜していた。どうしてそのことがわかった」

「男の一人が、そちらだな、といったのは私の寝間を指したものだと思いますし、庭で同じ男が、あの女どこに行きやがった、といってましたから」

弥生を捜してどうするつもりだったのか。かどわかす気でいたのか。それとも、欲心を満たすために押し入ってきたのか。

「男どもに心当たりは」

「ありません。どうしてこんなことをされるのか、まるで見当がつきません」

「男たちには見覚えがないと自身番ではいったが、今も同じかい」

「ええ。ほっかむりで顔が見えなかったというのもあるんですけど」

そうか、と文之介はいった。

「ずっと見張られていたような眼差しを感じていた、とのことだけど、昨夜のことはその眼差しの持ち主の仕業《しわざ》と考えていいんだろうな。――弥生ちゃん、どこか身を寄せられる場所はあるのか」

「いえ、ありません」

「親戚《しんせき》は」

「いません」

弥生がためらいなく答える。

「一人もかい」

「そうです」

横で勇七も、どういうことだろう、という顔をしている。

「弥生ちゃん、おまえさん、もともとどこの出なんだ」

「江戸です」

「江戸のどこだい」

「桜田備前町《さくらだびぜんちょう》のほうです」

文之介は頭に絵図を思い浮かべた。

「まわりを大名の上屋敷で囲まれているような町だな。へえ、そうか、あの町に住んでいたのか」

南町奉行所のある数寄屋橋御門から、さして離れているわけではない。

千代田城《ちよだじょう》の堀沿いに山城河岸《やましろ》を通って南へくだり、土橋《ど》を渡って幸橋《さいわい》の前を通り、広小路《ひろこうじ》通を抜けて佐久間《さくま》小路を右に折れれば、そこが桜田備前町だ。

「それだったら、界隈《かいわい》に血縁はいるんじゃないのか」

「いえ、いません」

文之介は眉根を寄せた。

「きいてもいいかい。弥生ちゃんの親父さんは、なにをしていたんだ」

弥生は即答しなかった。

「浪人です」

「なにをして日々の生計を」

「そのときによってちがっていました。ときに日傭取《ひようとり》のようなことも」

「生まれながらの浪人なのかい」

一瞬、間があいた。

「さようです」

文之介は弥生を見つめた。なにか隠しているのではないか。そんな気がした。

「親父さんの名は」

「観築勘右衛門《かんえもん》といいます」

「観築だから、三月庵でもあるのか」

「そうです」

おふくろさんは、と問おうとして、母親は幼い頃に亡くなっていると以前、弥生がいっていたのを文之介は思いだした。

「親父さんはいつ手習師匠に」

「五年ほど前です。その二年後に、亡くなりました」

「それまでは、日傭などの仕事をしていたんだな。それが、どうして急に思い立って手習師匠に」

「詳しいことは知りません。ただ、浪人の暮らしは相当きつかったようで、いつか手習師匠になるのが夢だ、とはずっと口にしていました」

「でも、浪人が手習師匠になるのは珍しいことじゃないよな。別に我慢せずともよかったんじゃないのかな」

「そうかもしれませんが、私には父の心持ちはわかりませんから」

文之介はうなずいた。

「とにかく親父さんは手習師匠になった。どうして箱崎町を選んだ。知り合いがいたのか」

「いえ、一人もいなかったものと。父はいろいろな口入屋に声をかけて、手習所がすぐにできる家を捜していました。たまたまこちらにいい家があったので、越してきたのです」

弥生の説明は筋が通っている。

それにしても、なにを隠しているのか。

「なあ、弥生ちゃん、どこか身を寄せられるところはないか」

文之介がたずねると、弥生がきっぱりと首を振った。

「私はどこにも移る気はありません。子供たちに手習をしなければなりませんし」

「それはまずいぞ。またやつらが来たら、どうするんだ」

弥生が表情を引き締め、真剣な目を勇七に当てる。

「勇七さんがきっと守ってくれます」

十

襖は閉めきられているが、わずかな隙間《すきま》を縫うようにいい香りが漂ってきて、鼻先をかすめてゆく。

壁に背中をもたれさせて座りこんでいる文之介は、鼻をくんくんさせた。

「なんだろう、うまそうなにおいだな」

「雑炊じゃないですか」

文之介は目を輝かせた。

「弥生ちゃんがつくってくれてるのか」

「そうでしょうね」

さして興味もなさそうに勇七がいう。

「なんだ、勇七、つまらなそうだな」

「そんなことはないですよ。弥生さんを守るのは、仕事として張り合いがあると思っています」

文之介は笑った。

「これが三月庵じゃなくて、青山だったらどんなにいいだろうって考えてる顔だな」

文之介と勇七は三月庵に泊まりこむことになった。むろん、又兵衛の承諾は得ている。

どうしてわかるんです、といいたげな顔を勇七がする。

「何年つき合っていると思ってんだ。勇七は俺のことをわかりやすいとかいうけど、おめえも決して負けてねえんだよ」

「旦那に負けてないというのはちょっと考えものですねえ」

「だろう。同心と中間がそろって顔色を読まれやすいっていうのはまずいからな、勇七、おめえはちっとがんばって思いを消せる努力をしろ」

「旦那はやらないんですかい」

「俺は無理なことはしねえんだ」

そうですかい、と勇七がいって少し顔を近づけてきた。

「旦那、弥生さんはなにを隠しているんでしょうね」

「気づいてたか。俺も気になっているんだが、無理にききだすわけにもいかねえしな。

——いや、勇七、おめえ、きいてみろ」

「えっ、無理ですよ」

「おめえなら話してくれるよ」

「でも——」

「やれ。同心として中間に命ずる」

「わかりましたよ」

勇七がしぶしぶ答える。

襖の向こうに人の気配がした。

「勇七さん、文之介さん、入ってもいいですか」

文之介が応ずると、襖があき、弥生が入ってきた。いったん敷居際に置いた盆を持ち、二人の前に正座する。

「夜食をお持ちしました」

盆から土鍋《どなべ》と二つの茶碗をおろした。勇七、文之介の順に箸を持たせる。

土鍋の蓋が取られる。ふわっと湯気があがり、いいにおいが文之介たちを包みこんだ。

勇七がいった通り、雑炊だ。

「うまそうだな」

文之介の口からよだれが垂れそうになった。

卵がかけられ、その下に並べられている切り身は穴子のようだ。刻んだねぎが散らされている。

弥生が茶碗によそってくれる。

「はい、どうぞ、勇七さん」

文之介は先に手をのばしたが、ほとんど無視されて勇七に手渡された。その茶碗には、半熟の卵が一杯に入れられている。

「文之介さんもどうぞ」

も、とはなんだと思う。こんなえこひいきする女が手習師匠などやっていていいのか、と考えてしまうが、仙太たちの評判はいいので、手習子には等しく接しているのだろう。きっと男のことになると、まわりのことが見えなくなってしまうたちなのだ。

正直、おもしろくないが、ここは我慢するしかなかった。

文之介はむっ、と茶碗のなかを見た。卵は入っているが、勇七ほどではない。しかも黄身が少ない。

まったくどうなってやがんだ。

内心で毒づきながらも文之介はさっそく箸をつかった。勇七がそれを見てから、いただきます、といった。

弥生が心配そうに勇七を見つめている。

「うまいな、勇七」

一口すすってから文之介はいった。

世辞ではない。鰹《かつお》だしがきいていて、それが飯粒にしっかりと染みこんでいる。

「ええ、とても」

勇七も感心している。

「本当ですか」

両手を胸の前で合わせて、弥生が顔を輝かせる。

「すごくおいしいですよ」

「弥生ちゃん、こいつは食い物にけっこううるさいんだ。こんなうれしそうな顔をすることは滅多にないよ」

「そうですか。つくってよかった」

弥生は白い歯を見せて、無邪気に喜んでいる。

こんなところは、どこにでもいる娘にしか見えない。

喜んでいるというよりはしゃいでいるようにも感じられるのは、昨夜の衝撃があまりに強かったこともあるのだろう。

よっぽど怖かったんだろうな、と文之介は同情した。

勇七は文之介の思いなどお構いなしに、無心に箸を動かしている。今にもおかわりをしそうな勢いだ。

負けていられなかった。

穴子はやわらかく煮てあり、口に放り入れると一瞬、皮と肉の嚙み応えはあるものの、次の瞬間、ほろほろと溶ける。上質の脂が飯と絡み合って、喉をくぐり抜けてゆく。ねぎもきいている。香りが食い気をどんどん増してゆく。

気づくと、土鍋は空になっていた。

「うまかったよ、弥生ちゃん」

「ごちそうさまでした」

正直、これだけのものをつくれるとは思っていなかったから、文之介は驚愕《きょうがく》に近い思いを抱いた。

これなら、すぐにどこへでも嫁に行けるだろう。

そのことをいおうとしたが、弥生が誰の嫁になりたいかなどわかりきっている。きっと勇七がいやな顔をするだろう、と口を閉ざした。

雑炊ですっかり腹が満ち、文之介は満足した。薄目の茶をいれてもらい、勇七とともに喫した。

「なにかほしいものはありますか」

「いや、なにもねえよ」

弥生は勇七を見ている。

「旦那のいう通りです。なにもありません」

文之介は勇七に目配せした。

勇七が気づき、息をのむ仕草をした。

「弥生さん、ききたいことがあるんですが」

勇七にいわれ、弥生が緊張した顔になる。

「はい、なんでしょう」

「弥生さん、あっしらになにか隠していることはないですかい」

弥生が目をみはる。眼差しが泳いだ。話そうか、迷っている。

「いえ、隠していることなどありません。では、これで失礼いたします」

急須と湯飲みを文之介たちのために畳に残し、土鍋と茶碗を盆に置いて弥生が立ちあがった。襖をあけ、逃げるように去っていった。

「やっぱりなにかあるな」

文之介はつぶやいた。

「忍びこんできた賊どもと関係があるんですかね」

「かもしれねえ」

「それだったら、どうして黙っているんですかね」

「それも謎だな」

文之介は顎をひとなでした。

「そのうち口をひらいてくれるのを、待つしかねえだろうな」

勇七を見る。

「それにしても、うまかったな」

「ええ、とても」

勇七がにらみつけてきた。

「なんだ、その顔は」

「旦那、すぐにでも嫁にできるぞ、っていいたいんじゃないですか」

「確かにそうは思ったけど、別にいいたくはねえよ。いう気もねえ」

「だから、さっき我慢していたんですか」

「なんだよ、それもわかっていたのか。こりゃ、同心として本気でなんとかしなきゃいけねえかもしれねえな」

「大丈夫ですよ」

「大丈夫じゃねえよ。同心として、やっぱり問題だろ」

「大丈夫ですよ。旦那の表情からなにを考えてるかって、あっしとご隠居、お春ちゃんくらいしかわかりゃしませんから」

「勇七がそういうんなら、そういうことにしておこう」

文之介は茶をひと飲みした。

「勇七、賊のことなんだが」

侵入してきたのは、教場の雨戸をはずして、というのはまずまちがいない。慣れた者らしいのは、音がほとんどしなかったという弥生の言からわかっていた。

「弥生ちゃんは自分が狙《ねら》われたといったけど、家のなかを荒らしていることから、金目当てというのは捨てられねえよな」

「でも、この家にお金がありますか」

「あるんじゃねえのか」

勇七がはっとする。

「そのことを弥生さんは隠していると」

「それも汚い金だ」

「弥生さんがそういう汚い金に関わったというんですかい。いや、ちがいますよね。関わったとしたら、親父さんのほうですね」

「だから、親父さんのことに関して口が重かった」

「辻褄《つじつま》は合いますね」

勇七が目をあげた。隅に灯されている行灯の火がゆらりと揺れる。

「でも、その金だってここに置いてあるとは考えにくいですよ。そんなのは誰だってわかるはずです」

「そうなんだよな。まとまった金があるなら、市中の両替屋とか札差《ふださし》とかに預けておくのがふつうだ。そのほうが安心だものな。となると、金目当てじゃあねえのか。荒らしたのは、目くらましなのかな」

よくわからなかった。文之介は目を閉じた。腹がふくれて、少し眠気がある。

夜はもう更けてきている。広い教場は、わずかながら冷えてきている。寒いというほどではむろんない。

「なあ、勇七、弥生ちゃんはどこに寝ているのかな」

「奥のほうでしょう」

「奥っていっても十間も離れてねえよな」

「広い家ですけど、まあ、そうでしょうね」

勇七がいぶかしげに見る。

「なんでそんなことをきくんです」

「いや、もう弥生ちゃんは眠ったかなって思ってさ。その寝姿を思い浮かべたら、なんかどきどきしてきたんだよ」

そういいながら文之介は、弥生はきっと勇七のことを考えて横になったにちがいない、とさとった。今も眠れず、勇七のことを考えているのかもしれない。

「旦那、まさかあっしが寝ているあいだに妙な気は起こさないでしょうね」

一人が一刻ずつ起きて番をすることに、二人は決めていた。

「そんなことするか」

文之介は怒鳴りつけかけて、声をひそめた。

「それより勇七、おめえだ。俺が寝ている最中、弥生ちゃんに夜這《よば》い、かけられねえようにしろよ」

勇七がどきりとする。行灯の淡い光のもとでも、顔が紅潮したのがわかった。

「冗談だ。弥生ちゃんがそんなことするたまか。馬鹿が真に受けやがって」

「馬鹿ってなんです」

すぐさま立ち直りを見せて勇七が口をとがらせる。

「馬鹿だから馬鹿だ」

「人のことを馬鹿っていうほうが馬鹿なんですよ」

不意に文之介は子供の頃を思いだした。こんなくだらない口喧嘩からはじまって、殴り合いにまで至ったことが何度もある。

文之介は矛をおさめた。

「勇七、すまなかったな。俺がいいすぎた」

勇七が、急にどうしたんです、という目で見る。

「あっしのほうこそすみませんでした。こんなことで声を荒らげちまって」

「いいってことよ。気にすんな」

文之介は、一つ勇七にききたいことがあったのを思いだした。

「勇七、おめえ、この前お克を送っていったな。あのあとどうしたんだ」

お春の見合いをぶち壊したときのことだ。

「あともなにも、青山まで送っていっただけですよ」

「食事の約束とかしなかったのか」

「しませんよ」

「誘えなかったんだな」

まったく度胸のねえ野郎だ、という言葉はのみこんだ。

「誘えるわけないじゃないですか。あんなに悲しそうにしているお克さんを」

「誘って慰めてやればよかったんだ。そうすれば、お克だって振り向いてくれたかもしれねえぞ」

「そんな足元を見るようなやり方、あっしはお断りですね。誘うなら、もっと堂々といきます」

「ははあ、おめえ、今のお克じゃいやなんだな。前みたいになってほしいんだろ」

「い、いえ、そ、そんなことはないですよ」

「なに、つっかえつっかえ話してやがんだ。まったくわかりやすい野郎だぜ」

「正直にいえば、前のお克さんに戻ってほしいという気持ちはありますよ」

「どうしてだ」

文之介は不思議でならない。

「どうしてもなにも、昔のお克さんのほうがよかったからです」

「おめえ、いつからそういうふうになったんだ。ちっちゃい頃はかわいい子が好きだったんだから、なにかあったにちがいねえんだが、覚えてねえか」

「あっしは昔のまんまですよ」

そんなことはねえと思うんだが。

「旦那こそ、大丈夫なんですかい」

勇七がきいてきた。

「なにが」

「見合いをぶち壊して、上のほうから咎めはないかってことですよ」

「どうかな。やっちまったもんはしようがねえな」

「鹹はありますかね」

「あるかもしれねえ。腹を切れとは、さすがにいわれねえだろうけどな」

「前もいいましたけど、旦那が鹹になったら、あっしも中間をやめますから」

勇七は瞳に真摯《しんし》な光を宿している。

「とめても無駄なんだよな」

そういいながらも、文之介はうれしかった。胸にあたたかなものがあふれる。

「勇七、中間をやめたらなにをする」

「そうですねえ、なにをしますかねえ。そのときになってみないと、わからないですねえ。旦那はどうなんです」

「俺は食い物屋がやりてえ。人がうれしそうに食べるのは、見ていて気持ちがいいだろう。それが自分がつくったものだったら、最高だろうなあ」

「食い意地が張ってますから、向いてるかもしれないですね。そういう人のほうが、お客の気持ちがわかるでしょうし」

「うどん屋の親父にでも弟子入りするか。貫太郎と勝負だな」

「やめておいたほうがいいですよ。貫ちゃんにはかないませんよ」

文之介は深くうなずいた。

「そうだな。あいつは相当、筋がいいみてえだからな。だとしたら、蕎麦屋かな」

「でも、江戸に蕎麦屋はいくらでもありますからね。競りは激しいですよ」

「だったら、なにをやりゃあいいんだ」

「鮓《すし》屋なんてどうです」

「屋台か。辻に立ちんぼなんだよな。できたら俺は店を構えてえな」

「でも先にそういう苦労をして、店を構えてこそ、うまくいくんじゃないですか」

「そうかもしれねえ。苦労は人を大きくするっていうからな」

夜更けに、勇七ととりとめのないことを話しているのはとても楽しかった。文之介はときがたつのを忘れた。

その後、二人は取り決め通り、交互に番をしたが、賊どもが忍びこんでくることはなく、夜明けを迎えた。

第三章　語れぬ父

一

「あれ、旦那じゃないですか」

普請場からの帰り、声をかけられた。

顔を向けた島右衛門は目をみはった。

目の前にいるのは兵作だ。

江戸の町並みの向こうに姿を消そうとしている太陽の最後の光に照らされて、顔が橙色になっている。

兵作がすり寄ってきた。

「大丈夫なんですか、こんなところにいて」

口調と顔つきはいかにも心配そうだが、瞳には小ずるそうな光が見えている。

こいつは、と島右衛門は思った。昔とちっとも変わっちゃいない。

「大丈夫さ」

兵作をじろりとにらみつける。

「おまえが告げ口をしなきゃな」

「そんなことしませんよ」

あわてて手を振ったが、目の奥のほうで薄汚く笑っている。いい鴨を見つけた、という笑いだ。

「旦那、今、なにをしてなさるんで」

見くだしたような目をしてきく。そのなりでは、どうせまともな職についていないんでしょう。

「見ればわかるだろう。日傭取だ」

兵作が大仰に驚き、のけぞる。

「本当ですかい。信じられねえなあ」

「信じる信じないはおまえさんの勝手だが、本当さ。おまえさんは」

「あっしですか。あっしは提灯張替屋をやってますよ」

「器用だったからな。だが、商売の帰りというわけではないようだな」

兵作は手ぶらだ。

「ええ、ちっと女のところに行っていたんですよ」

昔からこの男はもてた。それは今も変わっていないようだ。

「いいご身分だな。兵作、急ぎの用がないんなら、飲みに行かんか」

「いいですねえ」

その言葉を待っていたかのようにごくりと喉を鳴らす。これも昔と変わっていない。酒にはだらしない男だった。

「だったら旦那、あっしのなじみの店に行きませんか」

「いい店なんだろうな」

「あっしの舌は確かですよ。それは旦那もご存じなんじゃないですか」

そうだったかな、と島右衛門は思った。この男が食に通じているという話はきいたことがない。

連れていかれたのは、船宿だった。船信という店で、深川西町だ。

入る前、船宿を見あげて島右衛門はきいた。

「ここで飲むのか」

「まさか、舟ですよ」

酒と料理が供され、女がつくのだという。

女か、と島右衛門は思った。うっとうしさがあったが、女を相手に飲むのも悪くはなかろう、と思い直した。

船信に入る。店の者にあまり顔を見られないよう気を配った。兵作が女将に紹介しようとしたので、首を振ってたしなめた。

女将にはおかしな男と見られただろうが、名を覚えられてはたまらない。

舟に乗りこみ、舟が大横川から小名木《おなぎ》川に出てからも、船頭はおろか酌婦ともほとんど話をしなかった。

「どうしたんです、そんなに無口でしたっけ」

手酌で盛んに酒を飲んで兵作がたずねる。

「いろいろ苦労を重ねたのさ」

「どんな苦労をされたんです」

酌婦がきいてきた。

この舟に乗る客には、きっと苦労話をするのが好きな者が多いのだろう。酌婦の顔には、その手の話ならすらすら口を出てくるだろう、と考えている色が濃く出ていた。

そんなのもうっとうしく、島右衛門はなにもいわずに顔をそむけた。

それで機嫌を損ねたらしく、酌婦はまったく話を振ってこなくなった。兵作は兵作で、酌婦とばかり話をしていた。

「旦那、もうおひらきですかい」

舟が舳先《へさき》の向きを変え、大横川をくだりはじめたとき、兵作がきいた。

島右衛門はじっと見返した。そういってくるのを待っていた。

「それなら、うちのほうで飲み直すか。いい店がある」

「いいですね」

法恩寺橋そばの河岸で舟をとめてもらい、島右衛門たちはおりた。代は島右衛門が持った。

「すみませんねえ」

兵作が小腰をかがめる。

「いくら落ちぶれたっていっても、おまえさんにださせるわけにはいかねえよ」

「申しわけねえです」

島右衛門は歩きだした。

「旦那はどちらに住んでなさるんですかい」

「南本所番場町《ばんばちよう》だ」

「どういうところにお住まいなんですか」

「以前、懇意にしていた寺があってな、そこの境内《けいだい》の隅に長屋が建てられているんだ」

「懇意にしていたっていうと、験妙寺《げんみよう》ですかい」

まさか覚えているとは思わず、島右衛門はぎくりとした。

その思いをあらわさずにいう。

「さすがに物覚えがいいな」

「そうですか。あの寺の境内がお住まいなんですか」

兵作はなにも気づかずついてきた。警戒するようなそぶりはなにも見せていない。ただで酒が飲めるということで、いそいそと歩いているのだ。

この男も、決して楽な暮らしをしているわけではないな。島右衛門の胸はちくりと痛んだ。

だからといって、決意に変わりはなかった。船頭が貸してくれた小田原《おだわら》提灯の明かりを頼りに、島右衛門と兵作は夜道を歩いた。

北割下水に架かっている名もない橋を渡り、道を東に取った。

本所松倉町に入ってすぐ島右衛門は、せまい路地に足を踏み入れた。

「こっちなんですかい」

「近道なんだ」

路地をしばらく進み、島右衛門は路地の両側に人影がないのをなにげなく確かめた。

「おっ、しまった。緒が切れちまった」

雪駄の緒を直すふりをして、島右衛門はかがみこんだ。

「提灯を近づけてくれるか」

兵作が寄ってきたところを土を蹴《け》るように立ちあがり、首を抱えこんだ。

「な、なにをす――」

その声は途中でとまった。島右衛門が匕首で背中から心の臓を一突きにしたからだ。

息絶えたのを確かめてから兵作を静かに横たえ、匕首を抜いた。

血がどくどくと出てきて、着物を濡《ぬ》らしはじめた。着物が吸いきれなかった血が体の横にたまってゆく。

兵作の着物の袖で、匕首をていねいにぬぐった。血糊《ちのり》が消えてきれいになったのを確かめてから鞘《さや》におさめ、懐にしまった。

あたりには相変わらず誰もいない。ほっと息を吐きだしてから、島右衛門は急ぎ足にその場を離れた。


不意に鐘の音がきこえ、島右衛門はうつつに引き戻された。

島右衛門は右手を見つめた。この手で人を刺した。

人を殺《あや》めたのははじめてだ。しかし、兵作を殺したことに悔いはない。

匕首は常に持ち歩いている。追っ手につかまりそうになったときの用心のためだ。

しかしまさかあの日、つかうことになるとは思わなかった。

悔いはない。もう一度思った。

島右衛門はむくりと布団の上に起きあがり、あぐらをかいた。

障子に朝日が当たって、部屋のなかは明るい。それにずいぶんとあたたかだった。いや、暑いくらいだ。

いい天気だが、今日は仕事はない。普請場が休みというのではない。

本来なら、とうに大金が入っているはずだった。今日は、そのささやかな祝いをするためにあけておいたのだ。

どうして兵作を殺したのか。

思いがそこに戻ってゆく。

あのまま生かしておいたら、やつは報奨目当てに上屋敷に注進していたはずだ。

そんなことをさせるわけにはいかない。ここでつかまるわけにはいかないのだ。

大金を手に、きっと逃げきってやる。

腹が減っている。朝飯をつくった。飯と味噌汁にたくあんだけだ。

これで十分に腹は満ちた。

そのあとはすることがなく、どうして弥生に逃げられたか、そのことだけを考えた。

あの夜、弥生は三月庵を不在にしていたわけではない。布団はあたたかかった。

どういうわけか、あの女はわしたちの忍びこみをさとり、逃げだしたのだ。

そのあたりの勘のよさは、女とはいえ、もとが武家というのも関係あるのだろうか。

とにかく昨日、弥生は手習子にはなにもいわず、いつもと同じように手習を行ったという。明日も同じだろう。

おそらく番所には通報したはずだ。もしかすると、三月庵では町方が網を張って待ち構えているかもしれない。

さて、どうすればいい。

しかし、いい考えは浮かばなかった。

考え続けるのにも疲れ、軽い昼餉《ひるげ》のあと島右衛門は昼寝をした。

目覚めてから、二刻ほど眠ったことがわかり、驚いた。

疲れているのだ。

暗くなるのを待って長屋を出、験妙寺の境内を通り抜けた。

山門ではなく、横道に出られる小さな門を抜ける。

吾妻《あづま》橋を渡って、浅草《あさくさ》にやってきた。

浅草寺《せんそうじ》近くの繁華街にあるが、いつもあまり混んでいない宮田屋《みやたや》という煮売り酒屋に入る。

安房造と章之介はすでに来ていた。座敷の隅のほうに陣取っている。章之介は酒を飲んだのか、やや赤い顔している。

「珍しいですね」

二人の前に腰をおろし、島右衛門は章之介にいった。

「飲まずにはいられん、というところだな」

島右衛門は安房造に目を向けた。

「おまえはやらんのか」

「旦那が、いえ、島右衛門さんがいらっしゃらないうちに手前が飲むわけにはいきませんから」

「相変わらず律儀だな」

「律儀というより小心だろう」

章之介が馬鹿にしたように鼻を鳴らす。

「とにかく今宵《こよい》、集まったのはこれからの手はずを決めるためです」

やってきた小女に、島右衛門は酒と肴を適当に頼んだ。

「こうなったら、手習子をかどわかして、身の代《しろ》を取るか」

小女が遠ざかるのを見て、章之介が声をひそめる。

「子供はやめましょう」

安房造が懇願する。章之介がぎろりとにらみつける。

「どうしてだ」

「あまりに夢見が悪いですから」

「だったらどうするんだ」

「あいつがよかろう」

割りこむように島右衛門はいった。

「あいつだと」

章之介が目を光らせる。

「弥生には惚れた男がいるんですよ」

「まことか」

憎々しげにきく。

「ええ、まちがいありません」

安房造のせがれが口にしたことを、安房造が伝えてきたのだ。

「そいつは何者だ」

「番所の中間ですよ」

章之介が杯を空にし、顔をあげた。

「なるほど、惚れた男のためなら女はなんでもするか」

「でもあの男をやるとなれば、番所が本気になりませんか」

安房造が気弱げにいう。

「なるだろうな」

島右衛門はあっさりと認めた。

「だが安房造、誰をかどわかしたって、番所は本気になるさ」

二

足がもつれる感じがする。

「旦那、大丈夫ですかい」

勇七が案じて声をかけてきた。

「大丈夫だ。だが、やっぱり寝不足はこたえるなあ」

「寝不足って、結局、あっしが番を二度やって、旦那は一度きりだったじゃないですか」

「一度しかやらなかったのは、悪いとは思っている。ただ話に夢中になって、寝るのがおそくなっただろうが」

「九つはとうにすぎてましたね」

「だろ。俺はそんな刻限まで起きていることは、滅多《めった》にねえんだよ」

「あっしもそうですけど、そんなに眠くはないですよ」

「勇七はちっこい頃から、そんなに寝なくてもいいたちだっただろう。俺はちがうんだ」

「そういえばそうでしたねえ。旦那は、小さな頃から眠るのが大好きでしたものね」

「今も変わっちゃいねえんだ。世の中に寝るより楽はなかりけり、だ。あれ、これは誰の歌だったかな」

「誰の歌でもありゃしませんよ。狂歌ですから。その歌、続きもあるんですよ」

「えっ、そうなのか」

「浮世の馬鹿は起きて働く、です」

「へえ、そうなのか。はじめて知ったぜ。でも所詮《しょせん》は怠け者の歌だな」

二人は本所松倉町に赴き、ききこみを行った。文之介が手にしているのは、船宿の船信に兵作と一緒にやってきた男の人相書だ。

これは、人相書の達者である池沢斧之丞が、船信の女将や酌婦、船頭から話をきいて描いたものだ。

目が細く、眉は八の字を描き、額は盛りあがっている。鼻はつぶれたように低く、口はがっしりとした顎に支えられて大きい。

悪相だが、男の顔を見た三人とも、あまり自信なげだったと斧之丞からきかされている。

「三人がいった特徴を描いたにすぎん。魂が入っておらんからな、もしやまったくの別人にしあがっているかもしれんぞ」

しかし、今はこれしか頼るものがなかった。この町で兵作が殺されたということは、下手人はこのあたりに土地鑑があり、この人相書の男が下手人とするなら、この付近に住まいを構えているかもしれないのだ。

二人は自身番だけでなく、町中をまわり、人相書を見せていった。

不思議なもので、熱心に仕事をしているうちにいつしか眠気も飛んでいた。

文之介たちは午前中一杯、松倉町できききこみに精をだした。

だが、結局、人相書の男を知っているという者に出会うことはできなかった。

蕎麦切りで腹を満たし、文之介と勇七はいったん本所をあとにした。

やってきたのは三月庵だ。

午後の手習がはじまっていた。

だいぶ暑くなってきたせいで、障子はあけ放たれている。

文之介と勇七は庭に足を踏み入れず、生垣越しに教場を眺めた。

弥生はいつもと変わりないように思えた。笑顔で子供たちに接している。

ああいう笑顔を見せられちゃあ、子供たちもなつかざるを得ないよなあ。

仙太たちの顔も見えた。一所懸命に紙になにか書きつけている。

そのそばで、騒いでいる子供もいる。筆を剣に見立て、顔に墨をなすりつけ合っていた。

子供というのは屈託がなく、元気一杯だ。弥生になにがあったか、手習子たちには知らせていないから、それも当然かもしれなかった。

それでも、仙太たちはいつもより静かなのでは、と思えた。

明るく振る舞っているといっても弥生の様子から、なにかを感じ取っているのではないだろうか。子供は敏感だ。

また夜に来ることはすでに今朝、伝えてある。付近には怪しい者の気配もない。

文之介たちはその場をあとにした。

再び本所松倉町まで足を運び、兵作殺しの探索に戻る。

人相書を手に、今度は周辺の町をまわりはじめた。

だが、松倉町のときと同じで、誰一人として人相書の男を知っている者はいなかった。

「やはり似てねえのかな」

文之介は日のほうに人相書をかざした。

「かもしれませんねえ。これだけ歩きまわって、なにも収穫がないというのは」

勇七はやや疲れた顔をしている。ふだんはほとんどそんな表情は見せないから、今になって昨夜の疲れが出てきたのかもしれない。

よし、今夜は俺が二度、番をしてやろう、と文之介は決意した。

なにか見えてこないか、ともう一度あらためて人相書を見る。

「駄目だな」

頭を一つ叩いてから、勇七を振り返った。

「勇七、どこかで一休みするか」

「そうですね。ずっと動きっぱなしでしたから、いいかもしれませんね」

「どこかいいところはねえかな」

「あの茶店はどうです」

勇七が横川のほうを指さしている。

そこには団子、と染め抜かれているらしい幟が見えていた。

「いいな、あそこにしよう」

文之介と勇七は半町ほど歩いて、茶店の縁台に腰をおろした。

「勇七、今日は暑いな」

「そうですね。ちょっとむしむししますね」

茶店は横川をのぼってくる川風がさわやかで、すぐに汗は引いていった。

「しかし雨、降らねえな」

「ええ、このまま夏になっちまうんじゃないですかね」

「雨がなくて、米は育つのか」

「無理でしょう。干ばつということになれば、米は育ちませんよ」

「雨乞《あまご》いでもしなきゃ駄目だな」

「実際、もう百姓衆はやっているんじゃないですかね」

小女がやってきた。小柄だが、目がとても大きい娘だ。黒い飴玉《あめだま》でもしこんでいるように見える。

「なんにいたしましょう」

目の前に立った姿がとてもきれいに見え、文之介はふらふらと手をのばした。そっと尻に触れる。

きゃっ。娘が跳びあがる。

「ちょっと旦那、なにしてるんです」

「えっ。ああ、すまねえ。つい手が出ちまった」

「すまないな、娘さん。この旦那のちょっとした出来心だ」

もう、と小女はぷりぷりしていたが、勇七になだめられたことで怒りをおさめた。

「それでなににしますか」

勇七が茶と団子を頼んだ。小女が、ありがとうございます、と奥に去ってゆく。

「もう旦那、なにしてるんです」

「また眠気が戻ってきたようで、ぼうっとしちまった。知らねえうちに手がのびてた」

こいつめ。文之介は左手で右手を叩いた。

「もう本当にやめてくださいよ。定町廻り同心なんですから」

「次は気をつけるよ。ぼうっとしないようにするよ」

小女が注文した品を持ってきた。文之介には近づかず、勇七のそばに置いていった。

文之介は勇七から茶を受け取った。

「うめえなあ」

「こちらもどうぞ」

勇七が団子の皿をまわしてきた。

文之介は串を手にし、たれがあまりついていない団子にかぶりついた。顔をしかめる。

「なんだ、甘くねえぞ」

「そうですかい」

勇七が食べて、すぐにうなずいた。

「醬油のみの味つけですね。だから、こんなにたれが少ないんですよ」

「そんなのあるのか。はじめて食べたぞ」

「江戸にはけっこうあるとききますけどね。砂糖はやはり高価ですから」

「そうはいっても、やっぱり団子は甘いほうがいいな」

「でもお茶と合いますよ」

「勇七、おめえはすげえよ。なんでもいいところを見つけて、ほめるところは」

「そうですかねえ」

勇七が照れて頭をかく。

「別にほめちゃいねえんだが」

勇七にその声は届かなかったようだ、一心になにか考えている。

「どうした」

「いえ、事件のことなんですがね、ご隠居ならどう調べますかねえ」

傾きかけている日に目をちらりと向けて、遠慮がちにつぶやく。

「親父か。さて、どうするのかな」

袋小路に入ってしまったとき、同心御牧丈右衛門ならどう考え、どう動くか。

丈右衛門は見事な働きで、殺されたのが兵作という男で、しかも殺された夜、下手人らしい者と一緒に舟で飲んでいたことまでつかんできたが、これ以上、父親に甘えるわけにはいかない。

文之介にも現役の同心としての矜持《きょうじ》がある。

下を向いて目を閉じ、必死に考えた。親父なら果たしてどうするだろうか。

しばらく考え続けて、一つひらめいたことがあった。

御牧丈右衛門は、兵作に関して唯一わかっていることを突きつめてゆくのではないか、との思いだった。

文之介は目を見ひらいた。

「勇七、逢坂屋のことを調べてみよう」

三

文之介は吐息を漏らした。

「はあ、うめえなあ、ここのお茶は」

「まったくですねえ。さっきの茶店のもおいしかったですけど、別格ですね」

「藤蔵は、茶に関しては相当の目利きらしいからな」

文之介と勇七は三増屋にいる。逢坂屋のことを、藤蔵にきくためだ。

藤蔵が逢坂屋のことを知っているかどうか、もちろん文之介は知らない。同じ商人だから、という理由だけでやってきたのだ。

むしろ、お春に会いたいという心のほうが強かった。

藤蔵にはまだ会えていない。どうやら来客との話が長引いているようだ。

右手の障子があけ放たれていて、気持ちのよい風が入りこんでくる。庭の木々が揺れ、静かに音を立てる。

そんなどこでもきける音にすぎないが、この屋敷で耳にすると、茶のうまさが倍になる気がする。

「お春はどうしているのかな」

茶を干して文之介はいった。

「そうですね。旦那が来たというのに、顔を見せないのはおかしいですね」

きちんと正座している勇七が首をひねる。

照れてやがんのかな、と文之介は思った。見合いの日以来、顔を見ていない。屋敷にも来ないのだ。

文之介としては会いたくて仕方なかった。

廊下を渡ってくる足音がし、来たっ、と文之介は腰を浮かせかけた。

「御牧さま」

襖越しに呼びかけてきたのは、ここまで案内してくれた手代《てだい》のようだ。文之介が応ずると、襖があいた。

「お待たせして申しわけございません。あるじですが、いまだにお客さまとの話が長引いております。もう少々、お待ちいただけますでしょうか」

「都合もきかず、押しかけたのは俺たちだ。いいってことよ。気をつかわねえでくんな」

「ありがとうございます」

文之介はふと顔をしかめた。

「客ってのは、この前のお春の見合い相手に関係した者じゃねえのか」

手代が驚く。

「いえ、ちがいます。ちょっと取引のことでいろいろとございまして」

「ごたごたか」

文之介は、なんなら俺が出ようか、という決意を面《おもて》にだしてみせた。

「いえ、とんでもございません。御牧さまのお手を煩わせるようなことでは決して。商売上の些細《ささい》なことですから」

手代が一礼して襖を閉めようとする。

「ちょっと待った」

「はい」

「お春はいるのか」

「はい、いらっしゃいますが」

手代が眉を曇らせる。

「どうした。どうしてそんな顔をする」

「はい、風邪を召しておやすみになっていらっしゃるものですから」

そうだったのか。

「具合が悪いのか」

「さあ、手前はそこまで知らされておりませんが、さほどのものではないものと思われます」

道理だ。もし風邪が重いものだったら、店のなかはもっと騒ぎになっており、この手代も、お春がどういう病状か知っているにちがいなかった。

「会えるかな」

「はて。きいてまいりましょうか」

頼む、というと、手代は襖を閉め、廊下を去っていった。

「お春ちゃん、大丈夫なんですかね」

勇七が喉の渇きを感じたように湯飲みを傾ける。

「この前来たときも、そういえば風邪気味でしたね。こじらせたのかもしれませんね」

「この前……」

ああ、そうか、と文之介は思った。

「俺の不機嫌のわけを調べたときか」

「ええ、そうです」

そんなことを話しているうちに、手代が戻ってきた。お春は、会うとのことだ。

手代の案内で奥に向かう。渡り廊下をすぎたところで女中に代わった。

ここからが家人が暮らす建物ということだ。考えてみると、ここまで来たのはずいぶん久しぶりだ。

丈右衛門はしょっちゅう来て、藤蔵と将棋を指しているだろうが、俺はいつ以来だったかな、と文之介は考えた。

三年ぶりくらいなのでは、という気がする。

南を向いた、いかにも日当たりがよさそうな部屋の前で女中が足をとめ、廊下に膝をついた。

「お嬢さま、御牧さまと勇七さんがいらっしゃいました」

「入ってもらってください」

失礼いたします。女中が障子をあける。

部屋のまんなかに敷かれた布団の上にお春が座っていた。綿入れを着ている。

文之介と勇七は部屋に入り、お春の前に腰をおろした。勇七は正座だ。

女中がお春を守るかのようにお春の斜めうしろにまわり、背筋をのばして正座した。

文之介はお春に語りかけた。

「どうして知らせないんだ」

「だって風邪っていったってたいしたことないもの。……それに、うつしちゃ、悪いし」

「俺は大丈夫さ。馬鹿は風邪を引かない、を地で行く男だから」

お春がにっこりと笑う。

「そんなことないわよ。——来てくれてとてもうれしいわ」

見つめ合う。

お春が照れたように目をはずす。

「勇七さん、この前はありがとう」

「えっ、なんのことかな」

「お克さんと一緒に瀬川にいたわけ、わかっているのは文之介さんだけじゃないのよ」

お春が軽く咳をした。

「もっといたいけど、長居しちゃ悪いな」

お春、と文之介は呼びかけた。

「風邪が治ったら、飯でも食いに行こう」

「ええ」

お春は深くうなずいてくれた。

文之介は廊下に出た。うしろに勇七が続く。女中がついてきた。

「なんかいい感じですねえ」

廊下を歩きながら勇七がささやく。

へっへっへ、と文之介は笑った。

「そうだろう。わかるか、勇七。そうなんだよ」

笑いを消し、真顔になる。

「これも勇七のおかげさ。ありがとう」

「いえ、前にもいいましたけど、あっしはなにもしちゃいませんて」

もとの座敷に戻ると、さっきの手代がやってきた。藤蔵が会うとのことだ。

手代と入れちがうように、藤蔵が座敷に入ってきた。

「たいへんお待たせいたしまして、まことに申しわけございません」

畳に両手をつき、深々とお辞儀する。

「いや、謝るのは俺のほうだ。見合いの一件、すまねえこと、しちまった」

「とんでもございません。どうか、お顔をおあげください」

藤蔵が穏やかに見ている。

「あれでよかったのでございますよ。お春も喜んでいますし」

「そうかな」

「ええ、もちろんですよ」

文之介はうなずき、藤蔵を見つめた。

「なにやら忙しそうだな。商売繁盛のようで、いいじゃねえか」

「いえ、文之介さんも勇七さんもご存じでしょうけど、あるじというのは、あまり商売に関わらず、というほうがいいんですよ。町内のことに気配りをするべきなんです」

商家のあるじが町内のことにいろいろ尽くすのは、皆さんのおかげで商売をやらせてもらっています、という感謝の意をあらわすものと文之介もきいている。

「なにか問題でも」

「いえ、たいしたことではございませんよ。文之介さんが案じられるようなことでは決して」

藤蔵がゆったりと笑みをたたえていう。

「それで文之介さん、今日は」

「ああ、そうだ」

文之介は語った。

「逢坂屋さんですか」

藤蔵がしみじみとした声をだす。

「なつかしい名をききますね。でも文之介さん、手前はあまり存じあげていないのです。上方に本店があった廻船《かいせん》問屋だったくらいは存じていますけど。深川の店は出店でした」

「そうなのか」

「六年くらい前ですかね、いきなり店が閉じられたんです」

「そいつは俺もきいた。藤蔵、そのわけを知っているかい」

藤蔵がすまなそうな顔になる。

「いえ、残念ながら」

藤蔵からは結局なにも得られなかったが、文之介は満足していた。

なによりお春の笑顔を目の当たりにできたことが、力を与えている。

四

夜半から降りはじめた雨は、明るくなってから雨脚《あまあし》が激しさを増した。

江戸の町はあっという間に泥田と化し、文之介たちの足の運びを難儀なものにした。

「勇七、ようやく思いだしたみてえだな」

文之介は空を見あげた。

黒い雲が一杯に立ちこめ、もう五つをすぎているはずなのに、夜明け直後ほどの明るさしかない。

「なんのことです」

勇七がうしろからきく。雨が道を叩く音が大きくて、声を少し張りあげている。

「天が今は梅雨どきであるのを、ようやく思いだしたんじゃねえかってことさ」

文之介は笠《かさ》をあげ、蓑《みの》を揺らして振り返った。勇七も同じ格好をしている。

「ほんと、そうですねえ。ものすごい降りですものね。今まで天上のお人はなにをしてたんですかね」

「寝てたんだろ。目が覚めたら、いつの間にか梅雨どきになっちまったことに気づいて、大あわてで降らせはじめたはいいが、あまりにあわてたもので、雨の入った甕《かめ》をひっくり返しちまったのさ」

「ほんと、そうかもしれないですねえ」

勇七が笠を傾け、上を見る。

文之介もつられた。厚い雲からしぼりだされた雨は、次から次へと落ちてきて、きりがなかった。

しかも寒さすら感じている。きのうまでけっこう暑かったが、真夏ほどではなく、すごしやすかった。

それが一転、梅雨寒といっていいほどに大気からあたたかさがむしり取られている。

文之介たちはしばらく無言で歩いた。あまり話に気を取られていると、足が滑って危ないからだ。

永代橋を渡る。

水量を増した大川は黒々と横たわるように見えていて、もがき苦しむ大蛇のようにうねっている。橋脚に当たる流れは強く、ぎしぎしと橋は揺れていた。

このままだと橋が流されちまうのでは、と文之介は思った。

もっと雨脚が激しくなり、大川の水かさが増せば、橋どめということにもなりかねないだろう。

こわごわと永代橋を渡り終え、文之介たちは道を北に取った。

油堀《あぶらぼり》、仙台堀《せんだいぼり》、小名木川と横切ったが、いずれもかなりの水かさだった。

いきなり大水ということにはならないかもしれないが、予断は許さない。文之介たちと同じように笠と蓑で身をかためた男たちが何人も出て、流れの様子をつぶさに見つめていた。

文之介と勇七は、雨のためにすっかり人けの絶えた町を、必死に足を動かして進んでいった。

ようやく深川元町に着いた。

自身番に寄る。町役人や書役はしっかりとつめていた。

「これは御牧さま、こんな天気によくいらしてくれました」

文之介は雨から解き放たれたことでほっとした。自身番があたたかいことに気づく。

「おっ、火鉢か」

「ええ、あまりに冷えるものですから。手前どものような年寄りは、こういう寒さは特にこたえますので」

「ありがてえな」

文之介は笠を取り、蓑を脱いだ。体が軽くなって、自然に吐息が漏れた。

「こちらにどうぞ」

いわれて文之介は畳の縁に腰かけた。蓑と笠を手に、勇七がそばに立つ。

「勇七も腰かけさせてもらえ」

文之介は横を指で叩いた。

「あっしはここでけっこうですよ」

町役人が茶をいれ、文之介たちに勧めてくれた。

文之介と勇七はありがたく湯飲みを受け取った。

「しかしどうされました」

町役人の一人がきく。

「いつもの見まわりとは異なるようですが」

「その通りさ」

文之介は、逢坂屋のことを持ちだした。

「潰れてしまったのは、まさにあっという間のことでしたねえ」

町役人の一人がしみじみいった。

「こちらがそうと気づいたときには、もう潰れていまして、差配をしていた者も奉公人も散り散りになろうとしていました」

「本当にそうでしたねえ」

別の町役人が顎を深く引く。

「商売はいかにも順調そうで、店にも活気がありました。あれだけあっけなく潰れてしまうなど、町内の者は誰一人として夢にも思わなかったのですよ」

「潰れたわけは」

町役人たちはそろって首を振った。

「今申しあげたように急なことでしたから。店の内情を知る由もなかったですし……」

「散り散りになったといったが、差配していた者や奉公人の消息を知っているか」

「いえ、存じている者はいないでしょうねえ。町内の者たちのあいだで話題になったことはあったのですが」

天に吸いあげられでもしたかのように、あっという間にすべていなくなったという。

「江戸に残った者もいるかもしれないのですが、もともとほとんどが上方の者でして、あちらに帰っていったようです。さしてつき合いがあったというわけではないので、それすらもよくわからなかったのですが」

「そのあたり、上方の者はしっかりしているというか、江戸の者とはまるでちがいますよ。冷たいですね」

文之介の隣の町役人が、やや不満げに口にした。

「逢坂屋と取引のあった店を知っているか」

しばらく町役人たちと書役は顔を寄せて、相談していた。

「今、手前どもが思いだせるのはこんなところでしょうか」

一人が店の名をいくつかあげた。

「ありがとう」

礼をいって、文之介と勇七は自身番を出た。

「あれ、なんだ」

雨はやんでいた。

空からは急速に雲が取り払われつつあり、江戸の町は明るさを取り戻しはじめていた。水たまりに当たった陽射しが、あちらこちらではねている。

「旦那、甕の水はもう尽きちまったみたいですねえ」

「案外、ちっちゃい甕なんだな」

その後、文之介と勇七は町役人たちにいわれた店をすべて訪問したが、どの店も逢坂屋の潰れた理由、奉公人たちの消息についてなにも知らなかった。

「逢坂屋が潰れたことで、損は出なかったのか」

いずれの店にも同じ問いをぶつけてみた。

「それはありませんでしたね」

どの店の番頭やあるじもそろえたような返事を返してきた。

最後に訪れた一軒のあるじだけが、その返答に一つ加えてくれた。

「なにしろ京極《きょうごく》さまのほうで、すべて肩代わりしてくれましたから」

「京極さま」

「讃岐《さぬき》丸亀《まるがめ》五万一千石の京極さまですよ」

「どうして京極家が肩代わりを」

「逢坂屋の本店は、もともと丸亀にあったからですよ」

「それでも、大名家が一商家の金を肩代わりするのは不思議に思えるんだが、そういうのはよくあることなのか」

「いえ、珍しいでしょうね」

その店のあるじも詳しいことはわからなかったが、とにかく肩代わりしてくれるのであれば、金を受け取らない理由はなかっただろう。

文之介は勇七とともに、京極家の上屋敷に向かった。

上屋敷は桜田新橋《しんばし》外にある。

「この屋敷がそうか」

「だと思いますよ」

文之介と勇七は上屋敷のそばまでやってきて、じっと眼差しを注いだ。

こうして眺めたところでなにができるというわけではない。

文之介は勇七をうながし、道を歩きはじめた。

奉行所に戻り、又兵衛に今日のことを報告した。

「ほう、京極家がな」

又兵衛が興味を示す。

「つまり京極家と逢坂屋に関することを、調べてほしいと申すのだな」

「はい。それがしと勇七では、とても手がだせませんから」

「よかろう」

しばし又兵衛が考えこむ。

京極家と懇意にしている与力が誰か、脳裏に思い描こうとしているようだ。

思いだしたようで、首をうなずかせた。

「わかった。手配りしておこう」

体を乗りだす。

「それで文之介、手習所のほうはどんな様子だ」

「今のところ、賊の気配はなにも。静かなものです」

「だが、油断はするなよ」

賊どもは、文之介たちが張りこんでいるのを知っているのでないか。気をゆるませるために、わざとおとなしくしているのではないだろうか。

文之介は決意をあらわに答えた。

「はい、肝に銘じます」

五

仙太が棒きれを構え直す。やや腰が引けている。

「なんだ、仙太、そのへっぴり腰は」

文之介は笑いかけた。

「そんなので勝てると思っているのか」

「勝てるよ」

その後、又兵衛から知らせがないまま二日が経過し、また非番がやってきた。

ちょうど三月庵も休みで、文之介は子供たちと朝から遊んでいる。

寛助や保太郎、進吉に重助たちはなぜか手をださず、二人の対決を見守っている。

「どうしてさしの勝負なんだ」

「どうしてだと思う」

「またなにか策を考えてやがんのか。まさか今度も落とし穴じゃないだろうな」

「同じ手をつかうようなおつむじゃないよ。文之介の兄ちゃんじゃないんだから」

文之介はむっとした。

「悪かったな、単純なおつむの持ち主で」

「おいらたち、文之介の兄ちゃんに感謝してるんだよ」

「感謝。どうして」

「いい歳して、本気でおいらたちと遊んでくれるような大人、ほかにいないもの」

いい歳か、と文之介は思った。確かに、この歳で子供たちと棒きれで剣術ごっこをしているような大人などいるはずがない。

「文之介の兄ちゃん、友達いないの」

「いないことはないんだが、最近はあまり会うこともなくなってきちまったなあ」

文之介は空を仰ぎ見た。

「俺も子供の頃は、今のおめえらみたいに犬の子よろしくいつもじゃれ合ってる仲間がいたんだが、それぞれが職を持つとたやすくは会えなくなっちまうものなんだ」

文之介は、雲にそれぞれの顔を思い浮かべた。なつかしくて、涙が出そうになる。

みんな、どうしているか、と思う。額に汗して、働いているのだろう。

目を戻し、仙太を見た。

「おめえらも今のうちにどろんこになって、一所懸命に遊んだほうがいいな」

「でもおっかさんは、遊びよりも手習に精だせっていうよ」

「手習も大事なんだよ。でもそればっかりやってると、思い出ってものができねえものな。大人になると、その思い出が力を与えてくれるってこともあるからな、せいぜい遊びに励むことだ」

「ふーん、そういうものなの」

仙太が棒きれをかすかにあげた。

「勇七兄ちゃんはどうしたの」

弥生ちゃんのところに、といいかけて文之介は口を閉じた。

「あいつはどうしてるのかな」

「文之介の兄ちゃんが休みってことは、勇七の兄ちゃんも休みなんだよね。一緒に遊べばいいのに」

文之介は小さく笑った。

「一緒に働きはじめると、どんなに仲がよくても、休みまで一緒にいようとは思わねえんだよ」

「ふーん、そういうものなの」

「そういうものさ」

正直いえば、文之介も弥生のところに行ってもよかったのだが、どうせ弥生にとっては邪魔者にすぎない。

勇七は文之介がいないことで居心地の悪さを感じているかもしれないが、弥生は二人きりということで至福の思いを味わっているにちがいない。

このまま勇七と弥生がうまくいくのなら、それでよかった。

「文之介の兄ちゃん」

仙太に呼ばれ、文之介は我に返った。

「なんだ」

仙太がにやりと笑う。

「引っかかったね」

「なんのことだ――」

文之介ははっとした。背後に気配。振り向く暇はなかった。

いつの間にか忍び寄ってきていた寛助たちが、いっせいに襲ってきたのだ。

「あっ、てめえら。人が話に夢中になってる間に。汚ねえぞ」

背後から仕掛けてきたのは、全部で七名。ほとんど間合に入りこまれている。

それでも文之介は打たれまい、と必死に棒きれを振るった。至近から放たれる棒きれは子供とはいっても迫力があり、目を閉じたくなる。

これが真剣なら、と文之介は必死に目をひらき続けていた。

ただ、いつしか仙太の側への注意がおざなりになっていた。

背後ががら空きになっていることに気づくと同時に、ばしっという音をきいた。背中に激痛が走る。

「痛えっ」

文之介は、ばっと体をひるがえした。にやにや笑っている仙太がいる。

「くそっ、仙太、やりやがったな」

仙太が顎をしゃくる。

「ほら、また背中を狙われてるよ」

文之介は振り返った。だが、ときすでにおそしだった。

文之介は子供たちにさんざんに打たれ、地面にひっくり返った。

子供たちは容赦なく棒きれで打ってくる。文之介は体を丸めているしかなかった。

「よせ、もうやめろ。頼む。お願いだからやめてくれ」

文之介は棒きれを投げ飛ばし、降参した。

打たれなくなったのを確かめてから、こわごわ上体を起こし、地面にあぐらをかいた。

「痛えよ。おめえら、ほんと、痛え」

文之介は首を振った。

「しかしそうか、仙太がさしの勝負を挑んできたのにはそういうわけがあったのか。おめえ、やっぱり話に引きこむの、うめえな」

「おいらがうまいわけじゃないよ。誰かさんが単純すぎるんだよ」

「ほんとだよな」

文之介は反省した。

「いい大人が子供との話に夢中になって、まわりが見えなくなるなんざ、どうかしてる。しかも定町廻りの同心ときたもんだ」

「でも、文之介の兄ちゃんに感謝してるっていうのは本当だよ」

進吉が横からいう。

その隣で重助も深くうなずいた。

「だってとても楽しいもの」

「そうか」

文之介はにっこりと笑った。痛みはもう消えている。

「俺も、おめえたちと遊んでいるのは楽しいよ」

そのあとも文之介は、子供たちと原っぱで遊び続けた。

あと半刻ほどで夕方というとき、文之介は、よし、今日はここまでだ、といった。

「えっ、どうして。日暮れまでまだだいぶあるよ」

「ちょっと用事があるんだ」

「ええっ、夕餉を一緒に食べようよ」

「おめえら、今日は母ちゃん、出かける予定はあるのか」

「ううん、ないよ」

仙太がいう。

「だったらちゃんと家に戻って、母ちゃんがつくった飯を食べろ。まずい、なんて決していうなよ。おいしい、おいしいって食べるんだ。それが、今のおめえらにできる一番の孝行だ」

文之介は、文句をいいたげな子供たちをそこに残して、一人歩きはじめた。

うまくいけばいい、と望んではいるものの、これ以上、勇七を弥生と二人きりにしておくと、あとでうらまれかねない。下手をすると、殴られる。

文之介は急ぎ足で三月庵へ向かった。

子供たちと遊んでいた原っぱと三月庵はさほど離れていない。

教場のほうにまわり、声をかけてから枝折戸《しおりど》をくぐった。

「あら、文之介さん」

教場の畳に座っていた弥生が立ちあがる。

顔見知りの町役人が二人いた。だが、勇七の姿は見えない。

「勇七は」

「えっ。お昼すぎに、事件が起きた、って文之介さんの使いがあって、勇七さん、お屋敷に向かいましたけど」

「俺の使いだって」

「ええ」

勇七は、使いが来ても弥生を一人にすることをいやがって、ちょうど通りかかった近所の者に町役人を二人ばかり連れてくるように依頼したというのだ。

「それで、こちらのお二人が来てくださったんです」

文之介はいやな予感がした。

「使いっていうのはどんなやつだい」

「文之介さん、使いをだしていないのですか」

「ああ。さっきまで仙太たちと遊んでいたからな。弥生ちゃん、使いの男の人相を話してくれ」

はい、と弥生がうなずいた。

目が細く、八の字眉毛。体はがっしりしている。

その特徴をきいて、文之介はどこかで会ったことがあるような気がした。

どうしてだろう。

あっ、そうか。

文之介は懐から人相書を取りだし、弥生に見せた。

「そっくりというわけではありませんが、この眉が同じに思えます」

二人の町役人も横でうなずいている。

「――ちょっと待ってください」

いったん家のなかに入った弥生が矢立と紙を持ってきた。縁側に正座し、鮮やかな筆さばきで似顔絵を描く。

「こんな顔をしていたと思います」

斧之丞の描いた人相書とはだいぶちがうが、目の細さと眉毛はやはり似ている。

「私、この人にどこかで会っているような気がします」

自分の描いた人相書にじっと眼差しを注いでいた弥生が、いきなりいった。

「思いだせるかい」

「ちょっと待ってください」

額に手を当て、考えこむ。

文之介としてはせかしたかったが、こういうときそんなことをしても意味がないのはわかっている。

弥生が顔をあげた。

文之介は期待を持って見守った。

「ごめんなさい。駄目です」

「そうか」

文之介は軽く弥生の肩を叩いた。

「気にすることはない」

「勇七さん、どうしてしまったんでしょう。ご無事なのでしょうか」

無事に決まっている、と文之介は強く思った。あいつはそんなにたやすくたばるたまではない。

「少し待たせてもらってもいいかい」

文之介は駆けだしたくなる思いを抑えつけ、縁側に腰を落ち着けた。

誰かに勇七が連れ去られたのは明らかだ。

それにしてもどうして勇七が。

俺たちが、これまで捕縛してきた者のうらみか。

だが、それだったら復讐の心は俺に向かうはずだ。

それに、俺たちはまだ手柄という手柄はろくに立てていない。とらえた下手人たちにしても、仕置が決まってから日が浅いために、まだ娑婆《しゃば》に戻ってきてはいないだろう。

ここは、弥生絡みと考えるべきか。

立ちあがり、文之介は弥生を見た。

「弥生ちゃん、一緒に来てくれるか」

「どちらへ」

「ここではいえない」

二人の町役人が勇七の連れ去りに関係しているはずがないが、用心のためだ。

文之介の厳しい表情を見て、わかりました、と弥生がうなずく。

「何日分かの着替えも支度したほうがいいな」

「では、どこかに泊まるんですか」

「そういうことになるな」

弥生はしばらく考えている風情だった。決意したように顎を引き、一度奥に行った。

戻ってきたときには、風呂敷包みを手にしていた。

「では、行こうか」

文之介は弥生、二人の町役人とともに道を歩きだした。

自身番で町役人とわかれ、文之介は無言で足を進めた。

「あの、私のせいでしょうか」

静寂に耐えられなくなったかのように、弥生がいった。

「忍びこんできた賊と勇七さんのこと、関係あるのでしょうか」

「今はまだなんともいえないな」

文之介は弥生に目を当てた。

「弥生ちゃん、隠していることがあるなら、教えてくれないか」

「えっ」

「こないだも勇七がきいただろう。もしかして、親父さんに関することを隠しているんじゃないのか」

弥生は立ちどまり、下を向いている。

「父は三年前に亡くなりました。今度の勇七さんの件に関係があるとは思えません」

「親父さんは浪人じゃなかったんじゃないのか。本当はなにをしていたんだ」

「浪人です」

弥生がいい張る。

「少なくとも、生まれながらの浪人ではないんじゃないのか」

弥生は答えなかった。

「親父さんだが、まとまった金を貯《た》めてはいなかったか」

「そんなことはありません」

弥生が見返してきた。

「文之介さんは、それを狙って賊が忍びこんできたと」

「ちがうのかな。親父さんは汚い仕事に手を染めてはいなかったか」

弥生がきっとして文之介を見た。

「父はそんな人ではありません」

これ以上きける雰囲気ではなかったが、勇七の命がかかっているかもしれないのだ。

引き下がるわけにはいかなかった。

「弥生ちゃん、どうして親父さんのことを隠そうとするんだ」

「隠しているわけではありません」

「こんなときに、どうして死んでしまった人のことにこだわる」

「ですから、父のことは勇七さんの件には関係ありません」

「それは、弥生ちゃんが判断することではないぞ」

弥生は、文之介の言葉が届いていないような顔をしている。

内心で舌打ちし、仕方なく文之介は歩きだした。

次に文之介が足をとめたのは、桶町《おけちょう》一丁目だ。

真横からの夕日に照らされて、目の前に覆いかぶさってくるような大きな影を見せているのは、三増屋だ。

文之介は、すでに閉まっているくぐり戸を静かに叩いた。

「どちらさまでしょう」

文之介は名乗り、応対した手代に弥生とともになかに入れてもらった。

「お春の風邪は治ったかい」

手代にきく。

「ええ、もうすっかりいいようです」

手代の目が弥生にちらりと向く。御牧さまとどんな関係なんです、とききたげだ。

「こちらは手習師匠の弥生さんだ。覚えておいてくれ」

「はい、わかりました」

「藤蔵かお春に会いたいんだが」

「承知いたしました。ただいま旦那さまは寄合にいらしています。お嬢さまをお呼びしてまいります。申しわけございませんが、少々お待ちいただけますか」

手代は来客用の座敷にあげてくれた。

すぐにお春はあらわれた。

手代から話をきいてはいたのだろうが、弥生を見て、びっくりしている。その美しさにだろう。

もっともそれは、弥生も同様のようだ。

文之介はお春に事情を説明した。勇七のことをきき、さすがにお春も表情を曇らせた。

「それで、弥生ちゃんを預かってもらいたいと思ってやってきたんだ」

お春の眉のところがぴくんと動いたのは、弥生のことをちゃんづけしたからだろう。

「わかりました」

お春が表情をもとに戻して、きっぱりといった。

「喜んでお引き受けいたします」

背筋をのばして胸を張り、どこか気取った感じだが、文之介は頼もしさを覚えた。出かけている藤蔵の代わりをつとめているつもりなのだ。

お春が弥生ににっこりと笑いかける。

「弥生さん、よろしくね」

行灯の光を受けて、お春の表情はまばゆいほどに美しかった。きらきらと光の粒を散らす感じだ。

文之介は抱き締めたくなったが、腹に力を入れてこらえた。

「文之介さん」

いきなりお春に呼びかけられて、文之介はどきりとした。

「な、なんだい」

「明日、私も勇七さん捜しに加わっていい」

お春の目は真剣だ。一瞬、どう答えようか文之介は迷った。

「駄目だ」

「どうしてよ」

「勇七に続いてもしお春まで、なんてことになったら、俺は後悔してもしきれない。ここは我慢して、弥生ちゃんを頼みたい」

また、ちゃんづけで呼んだわね、といいたげな顔をお春がつくる。

「どうかな」

文之介が催促したが、わかりました、とお春はいわなかった。形のよい唇を引き締めて、文之介をよく光る瞳で見つめているだけだ。

六

文之介は奉行所に戻り、敷地内に建つ中間長屋に向かった。

「ああ、これは御牧の旦那。いつも勇七がお世話になっています」

文之介は戸口に出てきて深く頭を下げた母親のお仙《せん》に、勇七が戻っていないかたずねた。

「いえ、戻っていないですけど」

お仙が目をみはる。

「あの、勇七がどうかしたんでしょうか」

家人に隠すことはできない。文之介は正直にどういうことが起きたか、話した。

「連れ去られた……」

「文之介さん、誰に連れていかれたか、心当たりはあるんですかい」

勇七の父親の勇三《ゆうぞう》が、一間きりの六畳から土間におりてきた。

前は丈右衛門の中間をつとめていたが、丈右衛門の隠居とともに勇三も中間の職を勇七に譲ったのだ。

やはり顔は勇七に似ている。

今は白髪が一杯で、顔もしわ深いが、若い頃はさぞ男前だったろうというのが、彫りの深い眼窩《がんか》にあらわれている。瞳に宿る光も、現役の頃にくらべ、いささかも衰えていないようだ。

丈右衛門からちらりときいたことがあるが、とても頼りになる中間だったということだ。

あとは勇七の弟がいるが、出かけているのか姿は見えない。

「いや、今のところはない」

「なにか事件に巻きこまれたんでしょうか」

文之介は勇三に、自らの推測を語った。

「しかし、どうしてその手習師匠の絡みで、せがれがかどわかされなければならないんですかい」

それは文之介にもわからなかった。

「そうですかい。それで文之介さん、これからどうされるおつもりなんで」

「捜しだすしかない」

「どこからですか」

「わからん」

「それじゃあ、捜しだすもなにもないんじゃないですかい。文之介さん、せがれがかどわかされたとき、どこにいらしたんですかい」

文之介は正直に告げた。

「ほう、勇七にその手習師匠のお守りを押しつけて、子供と遊んでいたんですか」

「おまえさん」

お仙が、勇三をたしなめるように肩に手を置く。

勇三ははっと気づいた表情になった。

「すみません。せがれのことで、つい熱くなっちまって。心配なのは文之介さんも同じなのに」

その通りだ。文之介は心が張り裂けそうだった。

「文之介さん、あっしもお手伝いしましょうか」

勇三が申し出る。

「頼めるか」

「せがれのことですからね。頼まれなくても、動きます」

「だったら、勇七の行きそうな場所を当たってもらえるか」

「お安いご用です」

「これが勇七を誘いだした男だ」

文之介は弥生が描いた人相書を見せた。

勇三は手に取り、じっと見た。鑿《のみ》で脳裏に彫りつけるようにして覚えている。

「ありがとうございました」

勇三が返してきた。文之介は人相書を懐にしまいこんだ。

「俺は桑木さまに話をしてくる」

そういい置いて、長屋を出た。奉行所の玄関に向かって小走りに行く。

勇七、どこへいったんだ。

答えが返ってくるのなら、大声で叫びたいくらいだった。

玄関を入った文之介は与力番所に行き、又兵衛に会った。

「この男が紛れもなく関係しているものと思われます」

「なに、勇七が――」

文之介はできるだけ冷静にいい、人相書を見せた。

「こいつが……見覚えはないな」

又兵衛が人相書の達者である池沢斧之丞を呼んだ。人相書を写してもらう。

「勇七は人にうらまれていたか」

斧之丞が写し終え、部屋を去ると又兵衛が問うてきた。

「まさか。――いえ、そのようなことはまずないと思いますが、中間ですから誰かに狙われていたかもしれません」

「勇七と一緒にいて、そのような目を感じたことは」

「ありません」

「ふむ、文之介がいうのなら確かだろう」

又兵衛がむずかしい顔で腕を組む。

「やはりその弥生という手習師匠の絡み、と考えるしかないようだな。その娘、父親のなにを隠したがっているのかな」

「なんとか口をひらかせたいのですが、今のところはなんとも」

又兵衛とわかれて、文之介は一人、箱崎町二丁目にやってきた。

三月庵に足を運び、がらんとして誰もいない教場に腰をおろした。

「勇七……」

笑った顔、真剣に怒った顔、仕事に励んでいるときのまじめな顔、蕎麦をすすっているときの幸せそうな顔。

それらが次々に浮かんできて、涙が出そうだった。

いや、実際に出てきている。とめようとしても、とまらなかった。

文之介は泣くだけ泣いて、顔をあげた。

勇七を無事に見つけだすまで、もう泣かんぞ。

文之介は決意し、立ちあがった。

そのとき、庭のほうで人の気配がした。

もしや勇七が戻ってきたのでは。

文之介は足音高く、縁側に出た。

星明かりに照らされて、影がたたずんでいる。

「父上」

文之介はつぶやくような声でいった。

「よお」

丈右衛門が右手をあげる。

文之介は泣いていたのを知られたくなく、顔をうつむけた。

「どうしてここに」

「お春が使いをくれてな。ここにいるんじゃねえかと思って、やってきたんだ」

丈右衛門が濡縁《ぬれえん》を指さす。

「座らんか」

下を向いたまま、文之介は父の隣に正座しようとした。

「それじゃ足が痛いだろ」

文之介は、素直に沓脱石の雪駄の上に足を置いた。丈右衛門と肩を並べる形になる。

「久しぶりだな、こういうふうに座るのも」

「それがしが、子供のとき以来ですね」

「とすると、十年以上も前か」

丈右衛門が目を向けてきた。

「おまえも大きくなったものだな」

ふっと息をついた。

「わしも勇七捜しに加わってよいか」

「もちろんです」

文之介は即答した。

ただ、みんなが勇七のことを心配しているのがわかり、こんなときだが、ちらりとうらやましさを覚えた。

もし俺がかどわかされたら、みんなはこんなに一所懸命になってくれるだろうか。

「なんだ、なにを考えている」

丈右衛門に唐突にいわれ、文之介はとっさに首を振った。

「いえ、別に」

丈右衛門が穏やかにほほえむ。

「無理するな」

その口調はとてもやさしく、文之介には夜空からやわらかく降ってくる星のように感じられた。

「どうしてみんなが勇七捜しに一所懸命になるのか。それはな、みんな、おまえのことが大好きだからだ。おまえの大好きな勇七のことだから、みんな必死になってくれるんだよ」

七

鳥のさえずりがきこえた。

文之介は、はっと目を覚ました。

いつの間にか、教場で寝ていた。どこから持ちだしたのか、掻巻《かいまき》がかけられている。

「あれ、父上は」

姿が見えない。

いつ出ていったのか。それより、俺はいつ寝入ってしまったのか。

父と話をしていて安心し、濡縁で眠ってしまったようだ。

つまり教場に運んでくれたのは、丈右衛門ということになる。

文之介は起きあがり、障子をあけた。

地面でなにかをついばんでいた雀がいっせいに飛びあがり、隣家の屋根にとまった。

木々のあいだを飛びかっている小鳥たちは、口論をしているかのような激しいさえずりをやめない。

ちょうど、日がのぼりはじめたくらいの刻限のようだ。右手から低く日が射しこんできている。

腹がぐう、と鳴った。こんなときでも空くものなんだな、と文之介は思った。

よし、出かけるか。文之介は沓脱石の上の雪駄を履いた。

庭におり、生垣に近づくと、路地を進んでくる人の気配を感じた。

枝折戸を入ってきたのはお春だった。

うしろに弥生がいる。三増屋の、いかにも屈強そうな若者が二人ついていた。

「おはようございます」

お春がていねいに頭を下げる。弥生も同じようにした。

おはよう、と文之介は返した。

「おじさまは来たの」

「さっき帰っていったみたいだ。一晩、つき合ってくれたよ。歳なのに、無理しやがる」

「文之介さんのことが心配なのよ」

「そうなんだろうけど、俺だってもう子供じゃない」

強がりをいっておいてから、文之介は弥生に目を向けた。

身なりはきちんととのえられており、いかにも手習師匠然としていた。

「弥生ちゃん、手習をやる気なのか」

「そのつもりです。勇七さんのことは心配で胸が痛いほどですが、私ができるのは手習しかないですから」

「私も話をきいて、やったほうがいいと思ったの。子供たちを相手にすることで、気が紛れるんじゃないかって」

お春が言葉を添える。

かもしれんな、と文之介は考えた。

「いつも通りにしていたほうが、子供たちのためにもいいと俺も思う。——弥生ちゃん、まだ気は変わらねえか」

「はい」

そんなことを話しているうちに、次々と子供たちがやってきた。

仙太たちもあらわれた。いつものように一団をつくっている。

「あれ、文之介の兄ちゃん」

「なんでここにいるの」

「なにかあったの」

いぶかしげな表情になり、仙太たちは矢継ぎばやに声を放ってくる。

「なんでもないんだ。勇七のことでちょっと用事があってな」

「勇七兄ちゃんのこと。どんな」

文之介は笑みをこしらえ、人さし指を振った。

「仙太、そいつはいえねえ」

「けちだね」

仙太がお春に目を向ける。

「そのきれいなお姉さんは」

きれいな、といわれてお春がにこっと笑ってみせる。

「あれ、まだ会ったことなかったか」

文之介は仙太たちにお春を紹介した。お春にも子供たちの名を教える。

「みんな、よろしくね」

お春が笑いかけると、こちらこそ、と子供たちがいっせいに頭を下げた。

「みんな、元気がいいわね」

こんなときだが、お春はうれしそうだ。

「ねえ、文之介の兄ちゃん」

仙太が腕を取り、庭の隅のほうへ引っぱってゆく。

「文之介の兄ちゃんが好きな人って、もしかして」

ささやき声できく。

「わかるか」

「なんか、いい感じだね。文之介の兄ちゃんを見る目がお師匠さんとは全然ちがうもの」

「だろう。うまくいきそうなんだぞ」

「その調子がずっと続くことを、陰ながら祈ってるよ」

「おう、頼むぜ」

「――文之介さん」

お春に呼ばれた。

「なに、こそこそ話してるの」

「ちっと気が強えのが玉に瑕《きず》ってやつだ」

文之介は仙太にささやきかけた。

「よし、仙太、おめえらは教場に入って手習の支度をしろ」

はーい、と子供たちがぞろぞろと教場にあがってゆく。

文之介はお春のところに戻った。

「じゃあ、弥生ちゃん、俺たちは行くがいいな。また夕方、迎えに来る」

こうして子供たちがいるあいだは、弥生の身にはなにも起きないだろう。

「自身番のほうにも、くれぐれも目を離さんように頼んでおくから」

「お手数をおかけします」

文之介はお春と二人の若者をともなって、箱崎町二丁目を出た。

「よし、お春、ありがとう。ここからは俺、一人でやる」

勇七の探索。どこから手をつけるべきか。

どうして勇七がかどわかされなければならなかったのか。

やはり、何度考えても弥生絡みとしか考えられない。それも父親が絡んでいる。

弥生から離れずにいるべきか。そうすれば、なにか手がかりを得られるだろうか。

いや、今は動いていたい。

二人の若者は店に帰っていったが、いつまでもお春はついてくる。

「帰れよ」

「いやよ。私も一緒に捜すのよ」

「駄目だ。危ないだろうが」

「危なくないわよ」

「危ないって」

「文之介さんが一緒についていてくれれば、大丈夫よ」

「でも――」

「一緒にいたくないの」

「いや、そんなことはないが」

「だったらいいでしょ。私を勇七さん代わりにつかってよ」

「勇七と一緒というわけには……」

「とにかく私も勇七さんを捜したいの。幼なじみなのよ」

「それはわかるけど……」

文之介は頰《ほお》をふくらまし、息を吐きだした。

ここはいう通りにするしかないようだ。これ以上いったところで、お春はきっと一人で動くにちがいない。

「いいか、お春。これだけはいっておくぞ。勝手な真似はするんじゃないぞ」

「じゃあ、いいのね」

「ああ」

くそっ、押しきられた。町方同心がこんな小娘に。

そうはいっても、文之介には喜びもあった。なんだかんだいっても、お春と一緒にいられるのは心が躍る。

「ねえ、弥生さんにきいていた、気が変わらないかってなんのこと」

歩きだしてしばらくして、うしろに控える形になったお春がきいてきた。

文之介は語った。

「そう、弥生さん、お父さんのこと、話そうとしないの」

「勇七の件に関係があるはずだって迫っても、なにもしゃべってくれねえ」

「そう。ねえ、調べてみない」

お春にいわれ、そうか、と文之介は虚を衝《つ》かれた思いだった。同心なのに、そんなことを失念していた。

「桜田備前町に行ってみましょうよ。それは弥生さんも嘘はついていないでしょう」

その前に、文之介は三月庵を出た勇七の足取りを洗ってみた。

三月庵を出て、文之介の屋敷のほうへ向かったのはまずまちがいないはずだ。

八丁堀の屋敷までさして距離があるわけではなく、文之介は途中の自身番に寄っては、昨日勇七を見ていないかきいていったが、どこの町役人も首を振るばかりだった。

くそっ。どこへ行っちまったんだ。

文之介は唇を噛み締めた。そんな文之介を、お春が心配そうに見ている。

文之介はふう、と大きく息をついた。

「よしお春、桜田備前町に行こう」

早足の文之介におくれず、お春は必死についてきた。

毎日歩いている文之介の足についてくるのは大店の娘としてはきついはずなのに、文句一ついわず、黙って足を運び続けている。

文之介はそんなお春がいとおしかった。大丈夫か、と声をかけたかったが、なにもいわずにおいた。

返事は、大丈夫よ、に決まっているからだ。

桜田備前町の前までやってきた。

佐久間小路をはさんで、大名の上屋敷が並んでいる。すぐそばにあるのは、豊後佐伯《ぶんごさえき》で二万石を領する毛利《もうり》家、それに近江宮川《おうみみやがわ》一万石の堀田《ほった》家の上屋敷だ。

ほかにも、豊後臼杵《うすき》の稲葉《いなば》家、播磨小野《はりまおの》の一柳《ひとつやなぎ》家、伊勢菰野《いせこもの》の土方《ひじかた》家などの上屋敷が建っている。

文之介は、桜田備前町の木戸を見あげた。自身番は木戸の脇にある。

「お春、話をきいてくるからここで待っていてくれ。どこにも行くんじゃないぞ」

「わかっています」

お春が素直に答え、自身番の反対側にある木戸番所のほうへ歩いてゆく。木戸番が、安い給金の助けとするために並べた商品を熱心に見はじめた。

木戸番所は、箒《ほうき》やろうそく、草履《ぞうり》に草鞋《わらじ》、火鉢に一文菓子など雑多な物を扱っている。もうじき金魚も売りはじめるはずだ。

文之介は自身番に足を踏み入れた。

「これはお役人、いらっしゃいませ」

つめていた町役人と書役が、姿勢をあらためる。

「ききてえことがあるんだが」

文之介は、観築勘右衛門という侍がこの町に住んでいなかったか、きいた。

町役人たちの、申しわけございません、との言葉をきいて、文之介は自身番をあとにした。

お春をともなって名主のところへ行き、五年前の人別帳を見せてもらった。

そこに観築勘右衛門の名はなかった。むろん弥生の名も同然だった。

そうか、と文之介は気づいた。箱崎町二丁目の名主に会い、人別帳を見せてもらえばいいのだ。

外に待たせておいたお春に事情を告げる。

「じゃあ、また箱崎町に戻るのね」

「疲れたか」

「ううん、たいしたことないわ」

お春が文之介を仰ぎ見る。その瞳には、畏敬《いけい》の念がこめられているような気がした。

「でも文之介さん、すごいわね。毎日こんなに歩いているのに、全然疲れなんて見せないのね」

「慣れもあるけど、今は疲れたなんていっていられねえよ」

八

手習子の一人が手をあげている。

「どうしたの、重助ちゃん」

弥生は声をかけた。

重助は教場の障子際に天神机を置いているが、そこから人さし指を障子のあけ放たれた外に向けて指している。

「手紙が来てるよ」

「手紙」

弥生は、重助が指さしているところへ歩いていった。

濡縁の板と板のあいだに、文らしきものがはさんである。

「誰からかしら」

弥生は抜き取り、その場でひらいた。

どきどきする。これには、勇七に関することが記されているのではないか。

「えっ」

弥生は声を漏らした。

「どうかしたの、お師匠さん」

手習子たちにきかれる。

「顔色が悪いよ」

仙太が心配そうにいった。

弥生は文を折りたたみ、なんでもないという顔をつくった。無理に笑みをこしらえる。

「なにが書いてあったの」

「誰から」

手習子たちが問うてくる。

「ちょっとした知り合いよ。なんでもないの」

「お師匠さん、本当に大丈夫なの」

仙太が立ちあがっている。

「ええ、大丈夫よ」

弥生はわざとらしく咳払いした。

「でも私、どうも風邪を引いちゃったみたいなの。さっきからどうも頭が痛くてならないの。ねえ、みんな。悪いけど、今日はここまでにしましょう」

「えっ、そうなの」

仙太はびっくりしたようだが、手習から解き放たれて、やったーと喜んでいる手習子も多い。

「お師匠さん、文は誰からきたの」

仙太が食い下がるようにきく。

「仙太ちゃんの知らない人よ」

弥生はにっこりと笑った。

「さあ、はやくお帰りなさい」

仙太はしぶしぶという表情だ。いつも一緒に遊んでいる子供たちにうながされて、ようやく教場を出ていった。

弥生はとりあえずほっとして、誰もいなくなった教場の畳に腰をおろした。

文に目を落とす。

勇七の身柄とひきかえに、三千両もの金を要求することが書かれていた。

どうしよう。

弥生は途方に暮れた。

いったいどこにそんな金があるというのか。

文之介さんに知らせようか。

しかし、町方に知らせたら勇七の命はない、とも記されている。

弥生はその文面を見て、一瞬おびえたが、逆にほっと胸をなでおろした。

勇七は生きているのだ。

もちろん、勇七を連れ去り金を要求してくるような卑劣な者たちの書いたことだから鵜《う》呑《の》みにはできないが、この書き方ならば、まず勇七は生きていると考えてもよさそうだ。

いや、まちがいなく生きている。あの人が死ぬはずがない。

心にぽっとあたたかな灯《ひ》が灯ったような気がする。

弥生は気持ちを入れ直して、文をもう一度読んだ。

三千両は、三日以内に用意するように記されている。

弥生はため息をつき、ゆっくりと天井を振り仰いだ。

父が遺《のこ》してくれた金は、二百両ほどにすぎない。それは近くの両替商に預けてある。

これまで一度もつかったことはない。だが、それではまったく足りないのだ。

文には、三千両は父の勘右衛門に預けてあったもので、それを返してもらうにすぎない、とも記されている。

ということは、と弥生は思った。これは父に意趣を持つ者の仕業だ。

文之介のいう通りだったのだ。

どうしよう。

もう一度、文を見つめて考えた。

だが、答えは出てこない。

さっきのほっとした気分は霧のように消え去り、今は不安に押し潰されそうだ。

「お待たせいたしました」

名主の惣兵衛《そうべえ》が、座敷に戻ってきた。人別帳を手にしている。

文之介の目の前に正座した。

「五年前の人別帳はこちらです」

手渡された人別帳に、文之介はさっそく目を落とした。

観築勘右衛門の名はすぐに飛びこんできた。

「もとは丸亀家中だったのか」

前の住みかは、愛宕《あたご》下通になっている。さっき訪れた桜田備前町のすぐ近くだ。

京極家といえば、と文之介は思った。最近、逢坂屋絡みで耳にしたばかりだ。

「ええ、勘右衛門さまは確か御留守居役だったはずですよ」

やはり浪人などではなかったのだ。文之介は人別帳を返した。

「五年半前、観築どのは留守居役を致仕したんだな」

「そううかがっています」

「わけは」

「いえ、存じません」

「口どめされているわけではないのだな」

「はい」

「弥生ちゃんは、親父さんのことを話したくないようだが、どうしてだ」

「致仕した際のわけだと思います。手前は、きかされてはいないんですが、なにかお家でごたごたがあったらしくて、それで勘右衛門さまはやめられたそうです」

「自分からやめたんだな。やめさせられたわけではなく」

「そのようです」

「ごたごたの中身を知っている者に、心当たりはないか」

「申しわけございません」

惣兵衛がすまなさそうに口にする。

文之介は問いを切りあげた。

「待たせたな」

外で待っていたお春にいう。

「ううん。なにかつかめた」

文之介は、惣兵衛とのやりとりを語ってきかせた。

「そう、弥生さんのお父さん、京極さまのご家中だったの」

お春が真剣な顔になる。

「でも文之介さん、その逢坂屋との関連は気になるわね」

「今から調べてみるつもりだ」

どうすれば調べられるか。

最もいいのは、又兵衛に頼んだ、京極家と昵懇《じっこん》にしている与力に話をきくことだろう。

「お春、俺は奉行所に帰る。店まで送ってゆくよ」

お春は、えっ、という顔をした。

「でも……」

「行くぞ」

文之介は有無をいわせず、お春の手を引っぱるようにして歩きはじめた。

手を握られていることに、お春がうれしそうにしているように見えたが、文之介が確かめるように顔を向けると、照れたようにうつむいた。

三増屋の前まで戻ってきた。文之介は仕方なく手を放した。

「ねえ、今夜も弥生さん、連れてくるんでしょ。そのときにどういうことになったか、教えてね」

「ああ。話せる限りは話すよ」

「約束よ」

「ああ、約束だ」

文之介は、お春が店のなかに入ってゆくのを見届けてから、きびすを返した。

あと一町ほどで奉行所というところまでやってきたとき、向こうから走ってくる子供たちがいるのに気づいた。

仙太たちだ。ほかにも寛助や保太郎、進吉、次郎造などいつもの仲間が顔をそろえている。重助だけがいなかった。

「文之介の兄ちゃん」

七人は文之介の前まで来ると、手綱《たづな》を引かれた馬のように土埃《つちぼこり》をあげてとまった。

「どうした、そんなにあわてて」

相当急いだようで、七人はぜいぜいと息をあえがせている。

「ずっと御番所の門のところで待ってたんだよ、文之介の兄ちゃん」

「どうした、なにがあった」

文之介は、まさか、と思った。

「弥生ちゃんになにかあったのか」

「そう、よくわかるね」

「なにがあった」

文之介は自分の血相が変わったのがわかった。

「お師匠さんのところに手紙が来たんだよ」

「手紙。なんの手紙だ。誰からだ」

「わからないんだよ。お師匠さん、笑ってごまかしちゃったんだ」

「それでお師匠さんに、おいらたち、もう帰っていいっていわれたんだ」

「じゃあ、今、弥生ちゃんは一人か」

「そうだよ」

「歩きながら話すか」

文之介は駆けだしたい気持ちを抑えつけ、子供たちに歩調を合わせた。こんなに息が荒いのに、走らせることなどできない。

「弥生ちゃんが、おまえらに帰れっていったのは、その文のせいか」

「まずまちがいないね」

仙太がいい、保太郎が続けた。

「縁側に手紙がはさんであるのを、重助が見つけたんだ。その手紙を読んで、お師匠さんの顔色が変わったんだよ」

そのあとを寛助が引き継ぐ。

「そうなんだよ。お師匠さん、なにかあったにちがいないんだ」

手紙か、と文之介は考えた。

とにかく、これだけ子供たちがいうくらいだから、弥生はよほどただならない様子だったのだろう。

その文には、いったいなにが書かれているのか。

勇七絡みのことではないか。

それなら、なお弥生に見せてもらうしかない。

文之介はいったん立ちどまった。

「どうしたの」

仙太がいい、子供たちが見あげる。

「おまえたちは家に帰れ」

えー、と全員が抗議の声をあげた。

文之介は七人の目を順繰りに見た。

「頼む。ここは帰ってくれ」

「ねえ、文之介の兄ちゃん。なにが起きているの」

進吉がきいてきた。さすがに苦労しているだけあって、鋭い。

「今はいえない。ことがおさまったら、必ず教える。今は辛抱してみんな、うちに帰ってくれ」

文之介はほとんど懇願した。

「わかったよ、文之介の兄ちゃん」

仙太がいってくれた。

「みんな、文之介の兄ちゃんを信用して、おとなしく帰ることにしよう」

わかったよ。じゃあね。ほんとにあとで教えてね。

そういいながら、七人の子供たちは文之介から離れてゆく。

子供たちに手を振ってから、文之介は走りだした。

三月庵へ着いた。枝折戸をくぐり、教場が面する庭に入る。

「弥生ちゃん」

文之介は障子越しに声をかけた。

しかし応えはない。なにかあったのではないか。胸が騒いだ。

心を落ち着け、もう一度声を発する。

今度は障子の向こうで人の気配が動いた。

「文之介さん、帰ってください」

必死に振りしぼっているような声だ。語尾が震え、かすれている。

「どうした、弥生ちゃん。なにがあった」

「なにもありません。今は帰ってください。私はもうここを動きませんから、夜もいらっしゃらなくてけっこうです」

「文がきたそうだな。見せてほしい」

間があいた。弥生は絶句しているようだ。

「文のことは、子供たちが知らせてくれたんだ。みんな、弥生ちゃんになにかあったんじゃないかって心配している」

答えは返ってこない。

「弥生ちゃん、障子をあけるぞ」

「駄目です」

悲鳴のような声がした。

「帰ってください」

「文を見せてくれ」

「駄目です」

文之介は無理に押し入るか、と考えた。だが、ここまで弥生が頑ななのには、なにか意味があるのではないのか。

考えるまでもなく、ぴんときた。

——町方には知らせるな。

もしそうなら、ここに長居していてはまずい。賊どもに見られるわけにはいかない。

「わかった。弥生ちゃん、俺は帰るが、なにかあったら必ず知らせてくれ」

文之介はすぐさま路地に出た。急ぎ足で三月庵から遠ざかる。

今はいいが、夜、弥生を一人にはできない。

どうするか。

文之介は、箱崎町二丁目の自身番に入りこんだ。とりあえず、今はここにいるのがいいだろう。三月庵のそばを、離れることはできないのだ。

「どうかされたんですか、むずかしい顔をされていますけど」

町役人の一人にいわれ、文之介はじっと見返した。

「あっ、失礼を申しあげましたか。申しわけございません」

町役人があわてて小腰をかがめる。

ここは頼るしかないか。脳裏に大きな顔を思い浮かべて、文之介は決断した。

「おめえさんに頼みがある」

「はい、なんでございましょう」

文之介の頼みをきいた町役人が、急ぎ足で自身番を出ていった。

四半刻後、町役人は帰ってきた。一人の男をともなっている。

文之介は自身番の外に出て、出迎えた。

「父上、わざわざお運びいただき、ありがとうございます」

丈右衛門が笑う。白い歯が夕暮れ間近の太陽に照らされ、きらりと光る。

「そんなに大袈裟にいうほど遠くはねえよ。年寄り扱いするな」

丈右衛門が自身番に入ろうとする。文之介は町役人に入ってもらい、丈右衛門を道の端のほうに連れていった。

「どうした、なにがあった」

文之介は、これまでわかっていることをすべて語った。

丈右衛門は思慮深げな顔になった。

「文之介、その弥生どのという手習師匠のところに来た文、どういうことか、もう見当はついているんだろう」

文之介は深くうなずいた。

「弥生ちゃんは、勇七の身の代を要求されているものと思います」

「わしもそう思う。それに絡んできているのは、勘右衛門という御仁の致仕したきっかけになった京極家のごたごただな」

「その通りです。勇七は、そのごたごたに絡んだ連中から、弥生ちゃんの想《おも》い人ということでかどわかされたにちがいありません」

丈右衛門が顎をなでさすった。

「となると、賊はまた弥生どののところにつなぎを取ってくるだろうな。弥生どののところに忍びこんできた賊は、三人といったな」

「はい」

「そやつらの仕業と考えていいのだろうな」

文之介、と丈右衛門が呼びかけてきた。

「おまえはいったん奉行所に戻り、桑木さまにこのことを報告しろ。それから屋敷に帰って少し寝ろ」

「寝るだなんて、そんなことできません」

文之介は抗弁した。

丈右衛門が微笑を浮かべて首を振る。

「疲れきった顔をしているぞ。くまもできている。ろくに寝ていないんだろう」

「しかし――」

「三月庵はまかせておけ。わしが張る」

「でも、それでは父上が――」

丈右衛門が笑う。文之介の心にしみるような笑いだ。

「わしは昼間、ぐっすり眠ったよ。力は十分にたくわえている」

腰に刀を帯びているのに、文之介はこのときはじめて気づいた。

その事実だけでも、自分が疲れていることを思い知らされた。

「安心してまかせておけ」

丈右衛門が瞳に強い力をたぎらせていう。

「ぐっすりというのは無理だろうが、少しでも寝ればだいぶちがう。これはわしの経験からいっている。文之介、信じろ」

第四章　熱い頬

一

　目がいかれている。

　勇七が最初に感じたのは、それだった。

　眼前に、浪人らしい若い男がすね毛を丸だしに座りこんでいる。鞘尻《さやじり》を床に打ちつけ、刀にもたれかかるようにしていた。

　顎をあげ、見くだすような瞳で勇七を見つめている。感情というものがほとんどない。

　蛇の目、というのはこんな感じではないか。

「なんだ、その目は」

　浪人が低い声で恫喝する。

「おめえに目のことをいわれたくねえ」

勇七はどすのきいた声で返した。

「なんだと」

膝立ちになって浪人が拳を振るう。がつ、と音がして顎がきしんだ。

勇七は顔をゆがめかけたが、我慢した。

「痛えだろう。もっとやってやるよ」

続けざまに拳がきた。

勇七はうしろ手に縛られ、足にも縛《いまし》めがされている。腕は柱に結わえつけられていた。

何発打たれたか、わからない。気づくと、浪人がのぞきこんでいた。

「目をあいたか。死んじまったかと思って、ちょっと焦ったぜ」

浪人がにやりと笑う。いかにも酷薄そうな笑いだ。

「まあ、おめえなんか今すぐ殺したっていいんだがな」

「どうしてこんな真似をする」

腫《は》れてしまい、うまくまわらない口でいった。喉には焼けつく痛みがある。

「金さ。あの女の父親には貸しがあるんだ」

「どんな貸しだ」

「おめえになどいう必要はない」

浪人が勇七にきつく猿ぐつわをし、汚い畳の上にごろりと横になって腕枕《うでまくら》をした。眠りに落ちるようにすっと目をつむる。

寝ているのかわからないが、ずっとこのまま静かにしていてほしかった。

勇七は浪人にきこえないよう、猿ぐつわを通じて息をついた。同時に、どういう形でかどわかされたか思いだした。

発端は、文之介の使いという男がやってきて、事件が起きました、といったことだ。

「御牧の旦那がお屋敷まで来てほしい、とおっしゃっています」

「――事件。どんな事件です」

男が弥生をちらりと見る。

「それは歩きながらお話しします」

文之介の使いという割にはじめて見る顔で、勇七は、名と素性をきいた。

「深川の権吉《ごんきち》親分をご存じですかい。そこの下っ引をつとめている者で朝次郎と申します。お見知り置きを」

権吉親分なら知っている。古手の岡っ引だ。

「わかりました、行きましょう」

弥生を一人にするわけにはいかないので、ちょうど通りがかった近所の者に頼み、町役人を二人呼んできてもらった。

「夕方までに戻ってきます。それまで、お師匠さんと一緒にいてください」

勇七は町役人に弥生のことを頼んでおいてから、朝次郎という男と一緒に文之介の屋敷に向かった。

途中、朝次郎が、おっとしまった、とかがみこんだ。

「雪駄の緒が切れちまいました。すぐすみますから」

そうはいったものの、朝次郎は苦労している様子だった。

「うまく結べないなあ」

必死に指を動かしている朝次郎をのぞきこんだとき、勇七は背後に人の気配を嗅いだ。

振り返ろうとして、いきなり首筋に打撃を受けた。

目の前が、黒い布で覆われたように真っ暗になったのまでは覚えている。

次に気づいたら、ここにいたのだ。

浪人は目を閉じたままだ。身じろぎ一つしない。

勇七は部屋のなかを見まわした。

どこかの一軒家のようだ。薄汚い壁である。ところどころはげ、今にも崩れそうだ。

板戸も腐りかけている。

その板戸があき、勇七がはっとして目をやると、がっしりとした男が入ってきた。

使いを演じた男だ。朝次郎というのはむろん偽名だろう。

よっこらしょ、と勇七の目の前にあぐらをかく。

「大声をだすなよ」

匕首をちらつかせて勇七を脅してから、腕をのばし、猿ぐつわをといた。

「あんた、何者だ」

答えなど返ってこないのを承知で、勇七は問うた。

「こちらのお侍がさっき申した通りの男だよ。あの女の父親に貸しがある男だ」

「俺をかどわかしてどうする気だ」

「あの女から金をもらう」

「俺なんかをかどわかして、弥生さんが金を払うはずがなかろう」

そうかな、と男が首をひねった。

「わしは払うと思うがな」

勇七は男をにらみつけた。

「いくら要求するつもりだ」

「それをいうなら、いくら要求したんだ、といってほしいな」

男が指を三本立てた。

「三百両か」

「馬鹿かおまえは。その十倍だ」

「そんな金、弥生さんにあるわけないだろうが。あったとしても俺のためにつかうはずがない」

「どうかな。女は好きな男のためなら必死になるぞ」

「必死になったからって、できることとできないことがある」

男が鼻で笑う。

「そんなのは、おまえが心配することじゃないさ」

勇七は少し息を入れた。そこら中が痛い。

「弥生さんの親父さんに貸しがあるっていったが、実際にはうらみだろう」

「いう必要はないな」

「弥生さんの親父さんは三年前に亡くなったときいた。どうして、じかにうらみを晴らさなかった」

「それもいう必要はない」

男がにやりと笑った。

「といいたいところだが、そのくらいは教えてやろう。三年前には、まだわからなかったんだ、やつが関わっていたとはな」

男が下を向き、つぶやく。

「まさか、調べるのに六年近くかかろうとはな」

「なにを調べた」

男が顔をあげた。

「勘右衛門が関わっているかどうかだ。やつが告げ口をしたのがわかった」

「告げ口だと」

「そうさ。やつのおかげで俺たちは破滅させられたんだ」

「破滅、弥生さんの親父さんはただの浪人だろうが。そんな人になにができたというんだ」

「ただの浪人だと。馬鹿をいうな。やつは上屋敷の留守居役だったんだ」

えっ、と勇七は思ったが、顔にださない努力をした。

「浪人というのは、あの女がいったのか。嘘をつかれたんだよ」

「どうして弥生さんが嘘をつく必要がある」

「あの娘は、なにがあったのか勘右衛門から知らされていないんだろうが、とにかく自分たちの前身は伏せておくよう、かたくいわれていたんだろう」

男が瞬きしない細い目で見つめてくる。

「そんなことをいい含めたことで、やつのうしろ暗さがわかるだろう」

「うしろ暗いことをしているのは、おまえらだろうが」

「うるさい」

む、と勇七は男を見直した。かすかに上方なまりが感じられる。

「江戸の者じゃないな」

いい放ったとき、脳裏をかすめたものがあった。最近、上方と関連してきいたことといえば逢坂屋だ。

逢坂屋の者か、と口にしかけて勇七はとどまった。もし関係しているとして、そこまで探索が進んでいることを、ここでいう必要はない。

「なんだ、なにをいおうとした」

勇七はわざとためらってみせた。

「あんた、名はなんていうんだ」

男が鼻で笑った。

「いうと思うか」

勇七は目を落とした。

この男が逢坂屋の者だったとは限らないが、もしそうだとして、逢坂屋は勘右衛門とどんな関わりを持っているのだろう。

逢坂屋は、近所の者がびっくりするほど急に潰れたとのことだ。

そのことと関係しているのだろうか。

男が立ちあがり、勇七に猿ぐつわをした。まるで舌を嚙まれるのを怖《おそ》れるかのようにきついくらいに締めてから、腕をのばして侍を揺り起こす。

侍が眠そうに目をあけた。

「なんだい」

「ちょっと話があるんですよ。これからのことで」

「ここでいえばよかろう」

男が勇七を気にした。

「こいつは、どうせ始末しちまうんだろうが。なにをきかれたところで、困るようなことにはならないぜ」

「いや、それでも話はしにくいんで」

「わかったよ」

侍が腰をあげる。二人は板戸をあけ、隣の間に移った。

閉められた板戸をにらみつけて、勇七は二人がなにを話し合っているのかきき取ろうとした。

だが、ぼそぼそつぶやく声が漏れきこえてくるだけだ。

勇七はあきらめ、どうすればここから逃げだせるかを考えた。

手にされた縛めがどのくらいのきつさか、確かめる。がっちりとされていて、まったくゆるみそうもない。

駄目だ。

勇七は柱に背中を預け、天井を眺めた。

文之介の顔が浮かんできた。今、どうしているだろう。

一所懸命、俺を捜しているにちがいない。

その姿が見えるようで、勇七は涙が出てきそうになった。

文之介のことだから、勇七は必ず生きている、と信じて捜しまわっているのだろう。

大声で、ここにいるぞ、と叫びたかった。

だが勇七は顔をうつむけるしかなかった。

旦那、すまねえ。

文之介に心配をかけてしまったことに、心の底から申しわけなさを覚えた。

二

あまり眠れなかった。

弥生の頭は、三千両をどうすればいいか、ということで一杯だ。

そんな状態で、子供たちの前でふだんと変わらない姿を見せなければならない、というのは気が重かったが、手習を今日もいつもと同じように行うつもりでいる。

すでにありったけの金は用意している。しかし、全部で二百十二両。三千両などとても無理だ。及びもつかない。

「お師匠さん」

教場の文机の前でぼんやりしていると、いきなり呼びかけられた。

顔をあげると、目の前に仙太が立っていた。

「仙太ちゃん、今日ははやいのね」

「まあね」

昨日、ここにやってきた文之介が下手人からの文のことを知っていたのは、仙太たちが知らせたのだろう。

「これをお師匠さんに、って」

仙太が、大事そうに手にしていた文を差しだしてきた。

「誰から」

弥生はまさか、とどきりとした。受け取るのが怖い。

「ある人から手渡されたんだ」

「私の知ってる人なの」

仙太はなにもいわず、文を差しだしてくる。

弥生は、ありがとう、と文を受け取った。

「確かに渡したよ」

仙太は、自分の天神机のところに戻っていった。

文の裏を見た。なにも記されていない。

弥生はおそるおそる封を切った。

読みはじめて、目をみはった。

文之介からだ。

弥生はほっとして、読み進めた。

驚くしかなかった。文之介は、すべてお見通しだった。

どうして……。

抜けているように見えるが、これが町方同心というものなのだろう。文之介を見直す思いだった。

一人ではない。弥生は心強く感じた。

『仙太に文を託し、金額や金の受け渡しの手立てなど、詳しいことを教えてほしい』

文の末尾にはそう書かれていた。

「もらってきたよ」

仙太が屋敷にやってきた。

「ご苦労だったな」

文之介は仙太から弥生の文を受け取った。さすがにたっぷりというわけにはいかなかったが、少し眠ったことでだいぶ気持ちは変わってきている。

きっと勇七を助けだせるという確信を、文之介は抱いている。

「仙太、駄賃をやろう」

文之介は財布を探り、一文銭を何枚か取りだそうとした。

「いらないよ」

「どうして」

「ここで文之介の兄ちゃんからお金もらっちまったら、おいら、金目当てでやったみたいに思われるじゃないか」

「そうか、そうだな」

文之介は財布をしまった。

「仙太、俺の考えが足りなかったよ」

「わかればいいんだよ」

仙太がぽんぽんと肩を叩く。

「じゃあ、午後の手習があるから、おいら、手習所に帰るよ」

「ああ、弥生ちゃんになにか変わった様子があったら、必ず知らせてくれ」

「まかしといて」

仙太が門を出てゆこうとする。

「仙太、いいか、必ず知らせるんだぞ。おまえたちでなんとかしようなんて思うんじゃないぞ」

「わかってるって」

仙太が元気一杯に請け合う。

「危ないことはしないよ」

文之介は仙太に力を貸してもらうに当たり、勇七がかどわかされたことは話してある。ただし、仙太には寛助や保太郎などにいわないようにかたく口どめをしてある。

文之介は、受け取った文を丈右衛門に渡そうとした。

丈右衛門は手を振った。

「おまえから読め。わしは隠居にすぎん。現役のおまえから読むべきだ」

文之介は、わかりました、と文に目を落とした。すばやく読み通す。

「受け渡しの手立てに関しては、下手人どもはまだいってきていないようです」

「額はどうだ」

「三千両です」

「ずいぶんと張りこんだものだな……」

さすがの丈右衛門も絶句した。

「三日以内に用意するようにいってきています。昨日来た文ですから、明日までですね。それと、弥生ちゃんは、父親の勘右衛門さんに意趣を持つ者の仕業だといってきています」

「父親に意趣を抱く者について、心当たりがあるとは」

「いってきてはいません。ただ――」

文之介は言葉をとめた。

「それがしに、勘右衛門どののことで嘘をついたことを謝ってきています」

「ほう、そうか」

「父親からかたく口どめされていた、と記してあります。――父上、勘右衛門どのは弥生ちゃんに自らの前身について、どうして口どめをしたんでしょう」

丈右衛門は少し考えただけだった。

「京極家のごたごたについて、娘はなにも知らぬほうがいい、と判断したのだろう。おそらく勘右衛門どのは深く関わっていたんだな。どういう関わりだったかはわからんが、とにかくうらみを買うのは熟知していたんだろう。だから主家を致仕したとき、なんの関わりもない箱崎町に越してきたんだ」

丈右衛門の言葉を受けて、文之介は続けた。

「勇七をかどわかしたのが元逢坂屋の者だとして、そのごたごたというのはいったいどんなことなのでしょう」

「勘右衛門どのがどのような形で関わったのか、というのも重要だが」

「勘右衛門どのは、曲がったことがきらいだったようです」

「とすると、逢坂屋の連中が不正をし、それを見逃さなかった、ということが考えられるな」

「そんな連中だから弥生ちゃんに逆うらみし、勇七までも巻きこんだ」

文之介は思いだしたことがあった。

「逢坂屋は、近所の者が驚くほどあっけなく潰れたそうです。勘右衛門どのの注進をもとに京極家が逢坂屋の不正を調べあげ、公儀に知られる前に潰しにかかったのではないでしょうか。おそらく、丸亀にある逢坂屋の本店も同時に潰したのでしょう。だから、京極家は逢坂屋の江戸店の借財を肩代わりしたにちがいありません」

文之介は息をついた。

「父上、逢坂屋はいったいなにをしたんでしょう」

「そいつは調べるしかないな。しかし逢坂屋は廻船問屋だったのだよな」

文之介もそこまでいわれれば、わかった気がした。

「抜け荷ですか」

「おそらくな。勇七の居どころを捜しだすのが今一番にすべきことだから、どうでもいいことかもしれんが、抜け荷に詳しい者に会いたいな。そこから突破できそうな気がしないでもない」

「いますか」

「京極家の者にきくのが最もはやいんだろうが、さすがにわしに知り合いはいない。それに、家中の者では口がかたくてなにも話してくれんだろう。——文之介、桑木さまに京極家の調べは頼んであるのであろう」

「はい。しかし昨日おうかがいしたところ、まだなんの返事ももらえていない、とのことでした」

そうか、といって丈右衛門が考えこむ。

文之介はぴんときた。

「京極家と昵懇にしている与力をご存じなのですか」

「知っていることは知っている」

表情を険しいものに変えた。

「ただし、あの御仁《ごじん》が京極家の握り潰した事実を知っているかわからんし、知っているとして、果たして話してくれるかもわからん」

北町《きたまち》奉行所に出向いた。

丈右衛門は表門を見あげて、門衛に会釈してから、敷地に足を入れた。

敷石を踏み、玄関に進む。そばを通りかかった小者を呼びとめ、丈右衛門は名乗った。

それから、東尾民之丞《ひがしおたみのじょう》どのにお会いしたいと、いった。

少々お待ちください、と小者が去ってゆく。

すぐに民之丞が姿を見せた。何年ぶりだろうか。少し太ったらしく、頬の肉は垂れ気味だし、腹にも肉がついたようで、着物の前がふくれている。

「おう、本当に丈右衛門ではないか。久しいの」

「ご無沙汰しておりました」

「東尾さまもご壮健そうで、なによりです」

「相変わらず元気そうだの」

「わしは駄目よ。この通り太ってしまった」

ぱんと力士のように腹をはたく。

「して、今日は。おぬしがまいったくらいだから、ただの用ではなかろう」

民之丞は丈右衛門をなかにあげ、あいている座敷に導いた。向かい合って座る。

前置きなしで、どういうことが今起きているか、丈右衛門は語った。

「――なんと。おぬしのせがれの中間が……。それで、わしになにをしろと」

「東尾さまは、今でも京極家と懇意にされておられますか」

民之丞が眉根を寄せる。

「おぬしの上役だった桑木どのにもきかれたが、その中間の件に京極家が関係していると考えているのか」

丈右衛門はさらに詳しく事情を語った。

「ほう、逢坂屋の者が関係しているのか」

「東尾さまは、御留守居役の観築勘右衛門さまのことを覚えていらっしゃいますか」

「ああ、よく覚えておる。とても誠実な人柄だったの。むろん、留守居役らしく清濁併せ呑む器量も備えておられた。三年ほど前に亡くなったときいたが」

「観築さまが致仕されたのは、例の抜け荷のためですか」

瞳に鋭い光を宿した丈右衛門は、声を低くしてはったりをかました。

民之丞が息をのむ。

「そこまで知っておるのか。さすがだの。なら、口をつぐむこともないな。おぬしを信用して話そう。——これはそれがしの推測だが」

そう前置きして語りだした。

丸亀家中は、廻船問屋の逢坂屋を重用していた。その逢坂屋の江戸店が禁制品を大量に仕入れていたらしい。

特に朝鮮人参。

京極家は驚き、有無をいわさず逢坂屋を潰した。江戸屋敷では死人も出た。

「これはむろん家中の者でな、切腹ときいたの。逢坂屋に繁く出入りをし、抜け荷に関わったと見られた者だ」

「それは一人ですか」

「その者すべてに責任をなすりつけた、という面もあったかもしれんが」

「しっぽ切りですね」

「そういうことだ」

民之丞がさらに言葉を継ぐ。

「逢坂屋の江戸店を差配していた者は、島右衛門といった。店が潰される前に逃亡し、いまだにつかまっておらぬ」

「島右衛門ですか」

丈右衛門はこの名を頭に刻みこんだ。思いついて、文之介から借りてきた人相書を民之丞に見せた。

「おう、この男よ」

民之丞は人相書に眼差しを注いでいる。

「島右衛門がその中間をかどわかしたのか」

「まちがいなく」

「抜け荷は、この島右衛門が中心に行っていたんだ。こやつは今も逃げのびてそんな悪さをしておるが、京極家では責任を重く見て、丸亀にあった本店までも潰した。京極家が得た金は三万両と噂《うわさ》ではきいたが、どこまで本当やら」

民之丞がため息を漏らした。

「これら一連のことで嫌気がさしたか、観築どのは致仕されたんだ」

「その観築さまを島右衛門が逆うらみしているということは、逢坂屋に関し、観築さまはなにをしたのです」

それか、と民之丞はいった。

「逢坂屋の抜け荷の証拠をつかみ、江戸家老に報告したのだ」

やはりそうか、と丈右衛門は思った。

「しかし丈右衛門、重ねていうが、今申したことはすべて推測だぞ」

「承知しております。それがしが他言することは決してありませぬ」

口どめのために、京極家から多額の金が民之丞に渡っているのだろう。

「東尾さま、一つお願いがあるのですが」

「申せ。おぬしには世話になった。恩返しをする前に、おぬしは隠居してしまった。ただし、わしにできることにしろよ」

「たいしたことではありません。人を一人、紹介していただきたいのです」

三

北町奉行所に向かった丈右衛門とわかれ、文之介は又兵衛の詰所を訪問した。

「文之介、どんな様子だ」

文之介は、これまでわかったことをすべて又兵衛に伝えた。

その上で両手をそろえ、畳の上に額をつけて懇願した。

「桑木さま、三千両を用意していただけませんか」

又兵衛はうなり声をだした。下を向いていても、苦しげな顔をしているのが手に取るようにわかった。

「無理だ。文之介」

又兵衛らしからぬ小さな声が降ってきた。文之介は又兵衛を見た。

「そんな目をするな。冷たいと思うかもしれんが、一介の中間の身の代に奉行所が三千両もの金を用意することはできぬ。文之介、考えなければならんのは、下手人をとらえ、勇七を取り返すことだ」

「勇七を無事取り戻すために、三千両が必要なのです」

「文之介、奉行所にそんな金があると思うか。どこを捜したところで無駄だ」

「桑木さまはお持ちでは」

その通りだろう。

又兵衛がきょとんとする。

「わしがそんな大金、貯《た》めこんでいると思っているのか」

「ちがうのですか」

「あったら、とうに与力などやめておる」

文之介はじっと見た。

「もしわしにそれだけの金があるのなら、勇七のためにためらいなく用立てよう。だが、ないものはないのだ」

真実なのははっきりと伝わってきた。

「わかりました。金はほかでなんとかいたします」

「文之介、心当たりがあるのか」

「心当たりというほどのものではありませんが」

文之介は一礼してからすっくと立ち、詰所を出た。

奉行所をあとにして向かったのは、三増屋だ。藤蔵に頼みこむしかない。

身の代として、本物を用意する必要はないかもしれない。

千両箱に石でもつめればいいのかもしれないが、文之介としては勇七のためにどうしても本物を用意したかった。

勇七を取り戻す前に、金が偽物であるのが下手人側に知られるのがなにより怖い。それで、勇七は殺されてしまうかもしれない。たかが三千両ぽっちで。

文之介は急ぎ足に歩いた。

太陽は傾き、どことなく冷たさを感じさせる風が吹きはじめている。

空を見あげると、厚い雲が西から寄せてきていた。

不吉さを感じさせる黒い色をしている。雨をはらんでいそうに見えるが、あの雲がこの風を呼んだのだろう。

また、この前のような大雨になるのだろうか。文之介としては、勘弁してもらいたかった。

「文之介さん」

横から呼ばれ、文之介はそちらを見た。

「おう、お克」

久しぶりだ。この前のお春の見合い以来だ。供の帯吉がついていて、文之介に向かってていねいに腰をかがめた。

文之介は、よお、と返しておいてから、お克に相対した。

あれ、と思った。お克は、頬がふっくらしはじめている。体もひとまわり大きくなったようだ。

どうしてだ。せっかく……。

文之介は暗澹としたが、こつんとおのれの頭を叩いた。今は、そんなことを考えている場合ではない。

「どうされたのです」

「いや、なんでもない。——お克、どこへ行くんだ」

文之介は話題を変えた。

「お花に行く途中なんです」

「花もやっているのか」

「いやですわ、文之介さま。前にお話ししましたのに」

「あれ、そうだったかな」

お克が案じ顔になった。目に思いやる色が宿っている。

「文之介さま、なにかあったのですか」

「えっ」

どうしてわかるんだ。

その思いが、そのまま表情にあらわれたようだ。

「だって、文之介さまの顔色、とてもお悪いですから」

文之介は、両の手のひらで頰をぱんぱんと張った。

「心配ごとですか」

お克は心からいってくれている。それがわかり、文之介は胸が熱くなった。

お克は、勇七と一緒にお春の縁談を潰そうとしてくれた。そのことで、すでに文之介は借りがある。

本当は話してはいけないのだろうが、と思いつつ文之介はお克に一歩近づいた。

「帯吉、耳をふさいでいてくれ」

「は」

「帯吉、文之介さまのおっしゃる通りにしなさい」

帯吉が手で両耳を押さえる。

文之介は包み隠すことなく、真実を語った。

「まことですか」

お克は、大きな体をのけぞらせるくらい驚いている。

「うん」

「身の代は三千両ですか」

「ああ」

そうだ、と文之介は思いだした。ここで立ち話はしていられない。はやく三増屋に行かなければ。

「私になにかできることはありますか」

お克がすがるようにいう。

「勇七が無事に帰ってくるのを、祈っていてくれないか」

「はい、それはもう」

お克は深くうなずいた。

「でも、私の祈りなどいらないでしょう。勇七さんが、そんなつまらぬ連中に殺されるはずがありませんから」

文之介は笑った。元気づけられた思いだ。

「その通りだ。お克に会えて、とてもよかったよ」

お克は文之介に笑いかけられて、うれしそうだ。白い歯を見せる。

すぐに表情を引き締め、真剣な目で見つめてきた。

「文之介さま、それで三千両はどうされるのです」

四

ほとんど寝ていない。

頭がぼうっとしている。

弥生は、こんな調子で今日の手習ができるのだろうか、と危ぶんだ。

静かに畳を歩いてくる気配を感じ、文机から顔をあげた。

「お師匠さん」

仙太だ。

「これ」

また文を手渡された。

「文之介さんからね」

小さな声できいた。

仙太は軽く顎を引いた。それできびすを返し、天神机のところに戻っていった。

弥生はまわりに誰もいないのを確かめてから、文机の下で文をひらいた。

『今日の午後、子供たちが帰ったあと、三千両をそちらに運びこむゆえ、よろしくご差配願いたい』

こんなことが記されていた。

「三千両を……」

弥生はつぶやいていた。きいていた手習子がいないか、あわてて確かめる。

子供たちは手習の支度をしている者や、おしゃべりに夢中になっている者ばかりで、誰も弥生のほうに注意を向けていなかった。

いや、仙太だけは別だった。こちらをじっと見ている。

仙太ちゃんは、と弥生は思った。今回のこと、どこまで知らされているのだろう。

いくらなんでも、すべては知らされていないはずだ。

弥生は文をもう一度読み返した。

三千両もの大金をどうやって文之介が用意したのかわからないが、とにかく本物を持ってくるようだ。

「明日は休みよ」

とてつもなく長く感じられた手習がようやく終わったとき、弥生は子供たちに告げた。

「ええっ」

「どうして」

子供たちはいぶかしげだ。

「ごめんなさいね。私に、ちょっと用事ができちゃったの」

「どんな用事なの」

子供たちは心配そうだ。

「たいしたことじゃないのよ。でも、お休みにしなければいけないの」

子供たちは全員帰っていった。仙太もなにもいわず、仲間たちと連れ立って教場を出ていった。

弥生はぺたりと畳に座りこんだ。疲れきっている。

でも、と自らを励ます。がんばらなければ。こんなところでへこたれていられない。勇七さんが無事に帰ってこられるかは、私のがんばり次第なのだ。

暮れも六つに近づき、あたりが薄暗くなってきたときだ。

「ごめんください」

教場が面している庭のほうから、男の声がした。

文之介さんかな、と弥生は障子に近づいた。濡縁に出る。

庭のまんなかに置かれた荷車が、まず目に入った。そばに三人の男。いかにも屈強そうな男たちだ。

「弥生さんですね」

揖《かじ》のところにいる男が声をかけてきた。

「お約束の物です。なかに運び入れたほうがいいですね」

「お願いします。そちらの教場が広くていいと思います」

わかりました、と男がいい、荷車の筵《むしろ》をはいだ。

三つの千両箱が見え、弥生はどきりとした。

本物を目にするのははじめてだ。どうしてか、どきどきしてならない。

一人が一つの千両箱を肩に担ぎ、教場にあがってきた。静かに肩からおろし、畳の上に置いた。

「これであっしたちは帰ります。お師匠さん、よろしいですね」

「はい、ありがとうございました」

「荷車と筵は置いてゆきます」

「はい、わかりました。お預かりします」

三人の男は帰っていった。

弥生は障子を閉じ、千両箱を見た。

ここにあるのが嘘のようだ。

弥生は近づき、千両箱に触れた。冷たく、かたい。

一つをあけてみた。

文之介のいう通り、本当に本物が入っている。

二十五両ずつきれいに紙で包まれ、おさめられている。

蓋《ふた》をしっかりと閉じ、千両箱の一つを持ちあげてみようとした。

重い。重すぎる。今の男たちが軽々運んできたので、これだけ重いとは思わなかった。

いったいどのくらいの重さがあるのだろう。

こんなのを三つ運べるだろうか。

いや、やらなければならない。

私しか、勇七さんを助けられる人はいないのだから。

その夜、弥生は教場に布団を持ってきて、千両箱のそばで寝た。

とてもではないが、心配で目を離せなかった。

もしここに盗賊でも入り、これを持っていかれたら、と思うと気が気ではなかった。

まったく眠れなかったが、いつしか寝入っていた。

どん。なにかが居間のほうの雨戸に当たった音がした。ものすごい音で、弥生は飛び起きた。

今のはなんなのだろう。

怖くてその場を動けなかった。

しばらくうすい掻巻《かいまき》にくるまるようにして、震えていた。

耳を澄ましてみたが、なにもきこえない。鳥のさえずりや、近所の人々が発する営みの物音がさざ波のようにきこえてくるだけだ。

町は目覚めはじめている。

そのことに心強さを覚えて、弥生は立ちあがり、音がしたほうに行った。

居間は雨戸のせいで暗い。

それに、こちらはあまり日当たりはよくない。隣の神社の深い木々がすぐそばに迫っている。

弥生は胸を押さえて気持ちを落ち着けてから、気合をこめるようにして雨戸をあけた。

あっ、と思った。矢が突き立っていた。

矢には文らしい物が結わえつけられている。

これが矢文《やぶみ》か、と弥生は少しのあいだ見つめた。

しかし矢というのは、あれだけすさまじい音をだすものなのか。

そんなことを考えている場合ではなかった。千両箱から目を離してしまった。

なかなか抜けなかったが、なんとか矢を手にして、弥生は急ぎ教場に戻った。

ほっとする。

弥生は千両箱の前に座った。

矢から文を取り、そっとひらく。

五

弥生からはなんの連絡もない。

というより、つなぎを取る手立てがないのかもしれない。

文之介は町人の格好をし、ほっかむりをして箱崎町二丁目の自身番にいる。

今朝、三月庵に矢文が打ちこまれたのは知っている。すでに奉行所の手の者が、三月庵のまわりを張っているのだ。

下手人がどこから打ちこんだのか、わからなかった。おそらく近くの神社からだろう。かまわなかった。奉行所の者たちが張りこんでいるのをさとられるよりは、ましだ。

今日が身の代の期日である。

昨日、仙太にも会って話をきいたが、弥生からは文を託されていない。

つまり最初の文のあと、賊から次にもたらされたのは今朝の矢文なのだろう。

弥生が今日の手習を休みにしたということは、受け渡しの期日に変更はない、と考えて差し支えないのだ。

今は、三千両を荷車に積んで出かけるはずの弥生のあとを追うしか道はない。

そのことを文之介は、隣に座っている丈右衛門にいった。

「その通りだな」

丈右衛門がうなずく。

「矢文になにが書かれていたにしろ、今は弥生どのを見守るしかあるまい」

丈右衛門が土間におりた。

「出かけてくる」

「どちらへ」

答えず、丈右衛門が笑みを見せる。

文之介には、その笑みがとても頼もしく見えた。

こんなときだが、いや、こんなときだからこそ、丈右衛門が身近にいることにうれしさがわいた。

「文之介、へまをするなよ」

にっと笑って自身番の外に出ていった。

どういう意味なのだろう。

父は身の代の受け渡しの場に、いる気はないということか。

もう隠居の身だから、遠慮しているのだろうか。

だが、父の性格からしてそれは考えにくい。

丈右衛門は、身の代の受け渡しで下手人がつかまらないと読み、そのさらに上を行こうとしているのではないか。

どこへ向かったのか。

追いかけたい衝動に駆られたが、ここを出るわけにはいかない。

文之介は膝を押さえつけ、その衝動を殺した。

じき九つになろうかとする頃、弥生が荷車を曳《ひ》いて三月庵を出た、という報告が小者によってもたらされた。

道を北に取り、永久橋《えいきゅうばし》を渡ったという。それからは、大川沿いを北上しはじめたとのことだ。

文之介は自身番を出た。

細長い筵を胸で抱くようにしているが、中身は刃引きの長脇差《ながわきざし》だ。それに加えて、十手《じって》も懐の奥にしまい入れている。

やがて、大川沿いを北へ向かう弥生の姿が見えてきた。距離は一町ほど置いた。

「おまえは顔を知られているだろうから、あまり近づくのではないぞ」

又兵衛からかたく命じられている。

これだけへだてれば、賊どもに見破られることはないだろう。

ときおり吹く風に荷車の筵がはためいて、千両箱がちらちらと見えるように感じられる。

それをまわりの町人たちに見咎《みとが》められないか、文之介はどきどきした。

弥生はかなり急いで荷車を曳いている。まわりには奉行所の者たちがいるはずだが、文之介からその姿は見えなかった。

蔬菜《そさい》売りの百姓の格好をしている、吾市らしい者は見えた。いつもはいやみな先輩だが、今は頼りにできそうな気がした。

丈右衛門の姿はやはりどこにも見えない。いったいどこに行ったのだろう。

気づいてくれるだろうか。

弥生は気が気でない。必死に荷車を曳いている。頭上からの強い陽射《ひざ》しを浴びて、汗がしたたる。

「金は、千両箱から抜いて教場に置いておけ。空の千両箱を荷車に載せ、曳け。両国《りょうごく》橋まで行くこと。そこで半刻《はんとき》のあいだ、人待ち顔でいろ。それからまた荷車を曳いて戻ってこい。もしこのことを町方に告げたら、どうなるかわかっているな」

文の最後は、次のような言葉で締めくくられていた。

「俺たちはずっとおまえのことを見ているぞ」

この文のことを文之介に知らせるか、弥生は迷いに迷った。

知らせるべきだ。私が三月庵をあとにする。当然、文之介たちもついてくる。
おそらく、三月庵を見張る者は誰一人としていなくなる。
そこに賊どもはやってきて、金を奪おうという寸法だ。
単純だが、うまい手だ。
これを文之介に伝えなければ、まずまちがいなく金は持ち去られるだろう。
だが、伝えていいものか。
弥生は怖くてならない。
もし知らせて勇七に万が一のことがあったら……。
死なせたくない。
今、弥生は荷車を曳きつつ、必死に祈っていた。
一刻もはやく気づいてほしい。
どうして私がこんなにはやく荷車を曳いているかを。
弥生の姿を遠目に見続けるうち、文之介は妙だな、と思った。
最初はなにがそう思わせるのか、わからなかった。
どうしてこんなことを思うのだろう。
しばらくのあいだ、わからないままついていった。

いつからか、弥生がさらに荷車をはやく曳きだしたように感じた。

そのとき文之介は、岩が砕けたような衝撃を味わった。瞬時に理解する。

荷車が軽すぎるのだ。

三人の若者が青山から持っていったときですら、あの荷車は重く見えたのだ。

それなのに、三つの千両箱が載っている荷車を、女一人であそこまで軽々と運べるものなのか。

まさか。

いや、それしか考えられない。

急いで曳くことで、弥生は教えようとしているのだ。

——とすると。

しまった。もっとはやく気づくべきだった。

文之介は体をひるがえした。

「どうされたんです」

一緒にいた小者が声をあげる。文之介についていくか、それとも弥生にするか。

文之介は駆け続けた。

今はっきりしているのは、一刻もはやく三月庵に行かなければならないということだけだ。

六

酒の香りが濃い。

酒蔵自体は霊岸島《れいがんじま》あたりにあるのだろうが、小売りもしているようで店のほうからにおってくるのだ。

「失礼いたします」

襖があき、男が入ってきた。

一礼して、丈右衛門の前に座る。

「喜美造《きみぞう》と申します。お見知り置きを」

丈右衛門は名乗り返した。

「御牧さま。はい、お名は手前も存じあげております。して、今日はなに用でございましょうか」

「こちらには、上妻真左衛門《かみづましんざえもん》どのからうかがってまいった」

「さようでございますか。上妻さまでしたら、よくお世話になっております」

喜美造が安堵の色を顔に浮かべた。

上妻は、京極家の留守居役だ。北町奉行所与力の東尾民之丞に、紹介してもらったのだ。

昨日、民之丞と面談したあと、丈右衛門は北町奉行所を出た足で京極家の上屋敷へ赴き、真左衛門と会ったのだ。

真左衛門には、逢坂屋の差配をつとめていた島右衛門と最も親しかった商家の者を紹介してくれるよう頼みこんだ。

だが、あまり真左衛門が乗り気のように見えなかったので、抜け荷とはずばりいわなかったものの、それらしいことを丈右衛門はにおわせ、ほとんど脅すようにした。

そのことですっかりおびえた真左衛門が、喜美造の名を告げたのだ。

「以前、逢坂屋と太い取引をしていた商家で、敷嶋屋《しきしまや》という店があります。喜美造はそこで逢坂屋を担当していた番頭です。この者にきけば、島右衛門のことは詳しく教えてくれるはずです」

最後は語尾を震わせるようにして、真左衛門が伝えた。

そこで、丈右衛門はここ敷嶋屋に足を運んだというわけだ。

もちろん、身の代の受け渡しで、文之介たちが島右衛門どもをとらえればここまで来た意味はなくなるのだが、丈右衛門はもし万が一、身の代の受け渡しがしくじりに終わった場合をすでに考えている。

後手にまわるよりも、先手先手を打つようにしておいたほうがいい。

「ききたいことがある」

丈右衛門は切りだした。

「逢坂屋の島右衛門のことだ」

喜美造が眉をひそめる。

「それはまたなつかしいと申しますか、意外な名を耳にしました」

「どういうわけで島右衛門がいなくなったか、知っているな」

喜美造が身を引き気味にする。

「いえ、そのようなことはございません」

「まあ、よかろう」

丈右衛門はゆったりとした仕草でだされた茶を喫した。

「あの、島右衛門さんのどのようなことをおききになりたいのでしょう」

しびれをきらしたように喜美造がきく。

丈右衛門は湯飲みを茶托に戻した。

「居どころだ」

えっ、という顔を喜美造がする。

「存じませんが」

「わしも島右衛門が逃げたというのは知っておる。以前、やつは店に住みこんでいたのだな。住みたい町があるとか、妾《めかけ》をそこに住まわしていた町など、きいたことはないか」

「島右衛門さんとは親しくおつき合いし、一緒にお酒を飲んだことも多うございますけど、そのようなことをきいたことは、一度もございません」

とぼけているわけではないようだ。

「あの、御牧さま。どうして島右衛門さんを追いかけておられるのですか」

「島右衛門が、ある犯罪に関わっているからだ」

「えっ、またですか」

いってから失言に気づいたようだ。

「いえ、またと申しますのは……」

「いいよ。無理しなくても」

丈右衛門は微笑した。

「はあ、申しわけございません」

丈右衛門の笑顔を見て、喜美造がほっとしたように体から力を抜いた。きれいに剃ってある月代をかく。

「あの、御牧さま。しかし手前は島右衛門さんとはお店が潰れて以来、本当に一度も会っていないんでございます」

「島右衛門の顔を見た、会ったというような者に心当たりはないか」

喜美造は即答しようとしたが、気をつかったのか、考えるふりを見せてくれた。

「申しわけございません」

「そうか。ありがとう」

丈右衛門は頭を下げた。ただ、ここであきらめるつもりは毛頭なかった。

「おぬし以外に、島右衛門と親しかった者を存じているか」

「手前以外で……」

これは本気で考えてくれている。

なにか思いだしたようで、顔をあげると大きくうなずいてみせた。

「あの、うちと同じ酒問屋なんですが、そこの番頭さんも確か親しくしていたような覚えがあるのですが」

店の名と場所、番頭の名をきいて、丈右衛門は敷嶋屋をあとにした。

やってきたのは、木挽町《こびきちょう》七丁目だ。先ほどの敷嶋屋は幸橋御門近くの丸屋町《まるやちょう》にあったから、さほどの距離ではない。

暖簾が少し冷たさを感じさせる風にゆったりと吹かれ、揺れている。

丈右衛門は訪いを入れた。名乗り、身分を告げる。

番頭の初次郎《はつじろう》どのにお会いしたいとていねいにいうと、すぐさま来客用の座敷に通された。

だされた茶を喫していると、失礼いたします、と男が入ってきた。敷居際で膝をつき、一礼して初次郎と申します、と名乗った。

「あの、はじめてお目にかかると思うのですが」

「その通りだ」

目の前に正座した初次郎に、丈右衛門は用件を話した。

島右衛門の名をきいて、初次郎は目を丸くした。

「それはまた、思いがけない方の名をおききしますね」

敷嶋屋の喜美造と同じような答えだ。

「あの、おききしてもよろしいですか。——島右衛門さんをどうしてお捜しになっているんです」

「やつがある犯罪に関わっているからだ」

丈右衛門は口にした。

「まことですか。あの、どのようなことに関わっているのです」

「それについては今はいえん」

「さようですか。……申しわけないですが、手前は今の島右衛門さんの住まい、居どころは存じあげません」

初次郎がなにかを思いだしたように、ふと目をあげた。

「いえ、そうでもないでしょうか」

丈右衛門は瞳を光らせた。

「どういうことかな」

「ええ、うちの手代なのですが、お得意さんの近くで島右衛門さんらしい人を見かけた、と以前いっていたのです。かれこれ半年近く前になりますか。今、そのことを思いだしました」

「その手代に会えるか」

「ええ、呼んでまいります」

立ちあがった初次郎が襖をあけて、出てゆく。戻ってきたときには、一人の若い男を連れていた。

「孫蔵《まごぞう》といいます」

初次郎が紹介する。

「こちらは御牧さまだ」

丈右衛門は孫蔵にうなずきかけた。

「さっそくだが、島右衛門を見たときの話をしてくれんか」

お安いご用です、と孫蔵はやや甲高い声でいった。

「去年の秋、手前が北本所表町を、お得意さまを訪ねて歩いているときでした。目の前の角を曲がった人の横顔が、島右衛門さんに見えたのです」

「話の腰を折るようですまんが、北本所表町というのはまちがいないか」

「はい、まちがいございません。お得意さまはその町内ですから」

北本所表町なら、本所松倉町に近い。あの町で殺された兵作は、逢坂屋の奉公人だったのがわかっている。

兵作は、島右衛門によって口封じされたのではないか。兵作は島右衛門に脅しをかける気でいたのかもしれない。

兵作は、島右衛門が京極家に追われる身であるのをむろん知っていただろう。

その気配を事前に察し、島右衛門が先手を打ったのかもしれない。

孫蔵が話を続ける。

「それで、手前は声をかけようと角を曲がりました。しかし、そのときには島右衛門さんと思えた人は、消えていました」

「ですので御牧さま、孫蔵の勘ちがい、見まちがいかもしれないんですよ」

初次郎が横からいう。

「いや、まずそのようなことはないな」

丈右衛門はいいきった。

「まちがいなくその男は島右衛門だ」

七

庭に駆けこもうとして、文之介はとどまった。
路地から生垣越しに三月庵をのぞきこむ。
静かだ。来ていないのか。
いや、そんなことはまずあるまい。
文之介は筵から長脇差を取りだした。腰にぐいと差す。
枝折戸をあけ、庭に足を踏み入れた。
閉めきられた障子に向かって、静かに進んでゆく。
あと一間というところまで迫り、足をとめる。教場の気配を嗅いだ。
なにも感じ取れない。障子の向こうは無人ではないか。
文之介は念を入れ、もう一度気持ちを集中して障子を見つめた。
誰もいない。
その確信を胸に濡縁にあがり、さっと障子をあけた。
教場にはやはり誰もいなかった。縁のない野郎畳が一面に広がっているだけだ。

なかは暗く、ひっそりとしている。

金らしいものも見えない。

千両箱から抜いた金を弥生はどこに置いたのか。

そんなに遠くに置くはずがない。

ここにないということは、やつらはすでに奪っていったのだ。

おそかったか。弥生が出て、その後、ときを置かずに入りこんだにちがいない。

そう思って暗さに慣れてきた目で教場を眺めると、いくつかの足跡が見えた。畳が泥で汚れている。

しくじったな。文之介は顔をゆがめた。気づくのがおそすぎた。

勇七がさらに遠くに行ってしまったような気がした。

くそっ。文之介は庭に飛びだした。

やつらは、まだそんなに遠くに行っていないはずだ。やつらも荷車をつかっていよう。追いつけるかもしれない。

文之介は路地に出た。

どちらに向かうか。右に行けば永久橋、左は下総《しもうさ》古河《こが》八万石の土井《どい》家の中屋敷に突き当たる。

勘でしかないが、文之介は中屋敷のほうに向かって走りだした。

突き当たりを右に曲がる。左はどんづまりになっている。湊《みなと》橋の手前にやってきた。右は、いつも仙太たちと遊んでいる原っぱのほうへ行ける。左は永代橋につながっている。

橋だな。文之介は再び走りはじめた。

長さ百二十間余ともいわれる永代橋を一気に駆け抜ける。

それらしい荷車は見当たらない。

いや、江戸のことだから荷車はいくらでも目についたが、千両箱を積んでいると思える荷車を曳いている男たちは見つからなかった。

文之介はしばらく深川界隈を走りまわった。

だが結局、徒労に終わった。

疲れきって、三月庵に戻ってきた。

濡縁に力なく弥生が腰かけていた。文之介を見ると立ちあがり、駆け寄ってきた。

「どうでした」

「すまねえ」

文之介は謝った。

「せっかく弥生ちゃんが教えてくれたのに、間に合わなかった。気づくのがおそすぎた」

「そうでしたか」

弥生は暗い顔になった。

「そんな顔、することはねえよ」

文之介は励ますようにいった。

「これでやつらは金を手にしたってことだ。勇七は解き放たれるさ」

「そうですよね」

弥生は自らにいいきかせるように口にした。

しかし、本当にそうなるのだろうか。文之介としては危惧《きぐ》を抱かざるを得ない。

勇七、頼む、帰ってきてくれ。心から祈った。

「文之介の兄ちゃん」

その思いを破るように、路地のほうから声がした。

仙太だった。いつもの仲間はいない。一人で枝折戸を入ってくる。

「ねえ、今、大丈夫。町中を走りまわっていたようだったけど」

「見てたのか。ああ、大丈夫だ。どうした」

「文之介の兄ちゃん、一つ気になることがあるんだけど」

「なんだ」

「こんなときに相談していいのかと思うんだけど、きいてくれる」

「ああ、かまわんぞ」

「重助のことなんだけど」

「重助だと」

文之介は興味を惹かれた。仙太は勇七のことを知っている。それを承知で重助のことを話題にするなど、よほどのことなのだ。

それに、と文之介は思った。重助をはじめて見たとき、陰のある子だな、と感じたことを思いだしている。

「きこう」

「重助のやつ、親父さんをずっと気にしてるみたいなんだよ」

「重助の親父さんというと、日傭取をやっているっていってたな。この町に、一月ほど前に越してきたってきいたが」

母親のほうは、重助がまだ赤子といっていい頃、亡くなったときいている。

「そう、その親父さんだよ」

文之介は黙って耳を傾けた。横で弥生も同じ表情だ。

「重助、親父さんがなにかしてるんじゃないかって心配してるんだ」

「なにかしてるって」

「おいらにもわからないからさ、文之介の兄ちゃん、じかにきいてくれる。文之介の兄ちゃんなら話したいっていうから、重助、そこにもう連れてきてるんだよ」

重助、と仙太が呼んだ。

おずおずという感じで、生垣の向こうに重助が姿をあらわした。少し迷っているようで、枝折戸を入るのをためらっている。

おいで、というように文之介が笑顔を見せて手招くと、こっくりとうなずいた。

ふう、と息をつき、文之介たちの前にやってきた。

「いっといたからさ、気になってることを文之介の兄ちゃんに話せよ」

うん、と重助がいった。気持ちを落ち着けるように、また深く呼吸をした。

「父ちゃんなんだけど、なにか悪いことに手をだしてるような気がするの」

「どうしてそんなことを思うんだ」

「だって、この町に越してきてから、ずっと怖い顔してるし、仕事にもほとんど行かなくなっちゃったし。ときたま、じきこんな貧乏暮らしとはおさらばだからな、っていうんだ。お酒もたくさん飲むようになったし、それが全然おいしそうに見えないんだよ。苦いんだったらやめちゃえばいいのに、どうしてもやめられないみたいなんだ。心配ごとがあって、それが父ちゃんを苦しめてるんだよ。父ちゃん、きっと悪いことをしようとしてるにちがいないんだ。ううん、もうしちゃったのかもしれない。おいら心配で心配で、このままだと父ちゃん、つかまって死罪になっちゃうんじゃないかって思うんだよ。文之介の兄ちゃん、父ちゃんを助けてよ」

重助は一気にしゃべり、文之介を見た。顔をゆがめ、わっと泣きだした。

「そうか、よく話してくれたな」

文之介は重助の頭をなでさすった。振り向き、弥生に目を向ける。

「弥生ちゃん、妙な目を感ずるようになったのは、一月ほど前からっていってたな」

弥生がはっとする。じゃあ、と口で形をつくってきいてきた。

おそらく。軽く顎を引いてから文之介は、激しく泣き続けている重助に向き直った。

「重助、父ちゃんは今どこにいる」

重助はなかなか泣きやまなかったが、唇を嚙み締めると顔をあげた。

「知らない。今朝、出かけてったきりだよ」

「こんな男を見たことないか」

文之介は、懐から取りだした人相書を重助に見せた。

重助は手の甲で涙をぬぐい、歯を食いしばるように人相書を見つめた。

「あるような気がする。あの家にいた人じゃないかな」

まだ涙が残る震え声だ。

「あの家というと」

「本所のほうの家だよ」

本所だと、と文之介は思った。

「本所のどのあたりだ」

勢いこみそうになったが、あえて冷静にたずねた。

「吾妻橋の近くだよ。といっても、だいぶなかに入るけど」

文之介は最近、あのあたりに行ったのを思いだした。

「中之郷《なかのごう》竹町《たけちょう》とか中之郷元町、中之郷瓦町《かわらまち》あたりか。いや、まだまだあるな。中之郷原庭町《はらにわちょう》、北本所表町……」

その先にはあるのは本所松倉町だ。元逢坂屋の手代だった兵作が殺された町。

そうか、と文之介は気づいた。兵作殺しは、勇七をかどわかした者どもの仕業だ。

どうして兵作を殺したのか、それはまだわからない。

「重助、その家に行ったことがあるんだな」

「うん。父ちゃんのあとをつけていったことがあるから」

「そこまでの道順を教えてくれ。できるだけ詳しく頼む」

「そんなことしなくても、連れていってあげるよ」

「いや、それは駄目だ。危ない目に遭わせるかもしれん」

「えっ、危ない目」

「重助、おまえの父ちゃんがいけないことをしているのはまずまちがいないと思う」

「獄門になっちゃうの」

重助の顔におびえが走る。

勇七をかどわかし、三千両もの金を要求してまんまと奪った。おそらく首領というべき男につかわれているだけだろうが、まずまぬがれまい。

「重助、おまえの父ちゃん、名はなんていうんだ」

「……安房造だよ」

「重助、安房造はその本所のほうの家にいるはずだ。おまえの話をきく限り、安房造はあらがいはしないだろう。だが、ほかの者がきっと手向かいする。だから危ないんだ」

それをきいてまた重助が泣きそうになる。必死に涙をこらえ、文之介を見つめる。

「でも教えるにも、おいらだって一度しか行ったことないから、自信ないよ。道を歩いていくんだったら、案内できると思うんだ」

あのあたりは町屋がごちゃごちゃしている上に、寺も数多く、道はわかりづらい。

仕方あるまい。人相書を手に吾妻橋の一帯を調べ尽くすという手もあるが、そんなことをしている暇はまずない。

安房造たちが金をわけ、居どころをくらますかもしれない。その前に勇七の始末をして。

「弥生ちゃん、一緒についてきてくれるか」

文之介は頼んだ。弥生は、はなからその気だったようだ。

「ええ、もちろん」

「おいらも行っていい」

仙太が声をだす。

「おまえは駄目だ。ここにいて、弥生ちゃんの帰りを待て」

「そんなあ。だったら、お師匠さんはどうして連れてくの」

「家まで案内してもらったあと、重助を連れ帰ってもらうためだ」

「だったらおいらもその家まで行って、一緒に帰ってくるよ」

「駄目だ。いうことをきくんだ、仙太」

文之介は怖い顔をつくった。

「……わかったよ」

仙太はしぶしぶうなずいた。

八

文之介は弥生と重助とともに三月庵を出た。しばらく行って振り返ると、仙太が見送っているのが見えた。

寂しげな様子に見え、かわいそうな気もしたが、これでいいんだ、と文之介は思った。

永久橋を渡り、道を右に取った。大川沿いを上流に向かって進んでゆく。

新大橋《しんおお》まで来ると、こっちだよ、と重助がいった。

文之介自身、大川の左岸に行ったほうがいいと思っていたし、実際、重助の父親の安房造がその家に向かったとき、この橋を渡ったという。

再び大川沿いに、ひたすら上流を目指して歩いてゆく。

「重助、大丈夫か。疲れはないか」

「大丈夫だよ、このくらい。父ちゃんのあとをついていったときも、一度だって休まなかったからね」

「そうか。——弥生ちゃんは」

「重助ちゃんが休まないっていってるんですから、私が休めるわけありません。それに、一刻を争うときでしょう。休んでなんかいられません」

そうなのだ。本当なら走っていきたいくらいだが、重助の足に合わせなければならないのがつらいところだった。

それでも、重助はふつうの子より歩くのがだいぶはやい。半刻足らずで竪川《たて》に架かる一《ひと》ツ目《め》橋を渡った。

このあたりまで来れば、もう完全に本所といっていい。

ただし、本所は広い。道のりのまだ半分も来ていないだろう。

参詣客《さんけいきゃく》でにぎわう回向院《えこういん》の前を通り、右手に広大な御米蔵を眺めつつ、御蔵橋《おくらばし》を渡った。

入堀に渡された石原橋《いしわらばし》を抜けると、正面に吾妻橋が見えてきた。

吾妻橋のだいぶ手前で重助が足をとめた。下を向き、じっと考えている。

文之介は重助から目を離し、左側を眺めた。多くの舟が行きかう大川の対岸に、びっしりと町屋が建ち並んでいる。

浅草の町並みだ。見えているのは、浅草諏訪町《すわちょう》や浅草駒形町《こまがたちょう》だろう。

重助はまだ考え続けている。必死に道筋を思いだしているようだ。

「こっちだね」

右手をあげ、指さした。

右へ入ってゆける道がある。このあたりは北本所番場町だ。

重助が歩きだした。文之介と弥生は黙ってついていった。

入り組んだ道を、重助はためらうことなく進んでゆく。

文之介は歩を進めながら、徐々に気合を高めていった。

もうじきだからな、と勇七に語りかける。待っててくれ。きっと助けだしてやる。

だが、重助の歩みはとまらない。

結局、町屋の並びを通りすぎ、横川に架かる業平橋《なりひら》まで来た。

「重助、この先は小梅村《こうめむら》だぞ」

「うん、確か、この橋を渡ったんだ」

重助は、ためらうことなくすたすたと歩いてゆく。

長さは七間ほど、幅は二間ばかりの橋を渡ると、左側は一気に緑が濃くなった。道の右手には、大名家のものらしい一軒の武家屋敷が建っている。下屋敷か抱《かかえ》屋敷だろう。左側のすぐ近くには、かたまった形で百姓家が見えている。遠くにも、百姓家は点在していた。

業平橋から二町ほど進んだところで、重助の歩みがおそくなり、あたりの風景を確かめるような眼差しを投げはじめた。

やがて立ちどまったのは、小さな竹藪《たけやぶ》の前だった。

「あそこだよ」

竹藪の脇に、草が踏みにじられた細い道があり、それが半町ほど先にある林ともいえない木々のかたまりに続いていた。

木々の陰に、一軒の家が見え隠れしている。藁葺《わらぶ》きの屋根がかしぎ、草が何本も生えている壁は今にも崩れそうで、廃屋という趣がある。

百姓家らしいが、人は住んでいないのではないか。

文之介はほっと息をついた。ようやくたどりつけた。あそこに勇七はいるのだ。

昼が一番長い時季だけに、まだだいぶ明るい。七つはとうにまわっただろうが、陽射しは強く、じりじりと地面を焼いている。

熱が草いきれとともに立ちあがってきて、体を包みこんでいる。

文之介は一軒家から目をはずし、弥生に転じた。

「よし弥生ちゃん、重助を連れて帰ってくれ。途中の自身番に寄って、この家のことを奉行所に知らせるように頼んでくれ」

「文之介さんはどうするの」

「決まってる。あの家に乗りこむ」

「一人で」

文之介はにっと笑った。

「はなからそのつもりだ」

「大丈夫なの」

弥生は本気で案じてくれている。

「まあ、なんとかなるんじゃないかな」

「ねえ、なかに父ちゃんはいるのかな」

重助が不安げに見あげている。

「いるだろう」

「殺さないよね」

重助は文之介の腰に目を注いでいる。

文之介は長脇差の柄《つか》を叩いた。

「こいつには刃がないんだ。もともと俺たちは殺さずにとらえるよう、きつく命じられている。だから重助、そのことについては案じなくてもいい」

やさしくいって文之介は弥生を見やった。

「では、行ってくれ」

わかりました。弥生が重助の手を引き、歩きだした。

重助が何度も振り返って文之介のほうを見る。その顔には不安の色が一杯だ。

二人の姿が見えなくなってから、文之介は腹に力をこめ、長脇差の鯉口《こいぐち》を切った。

袂《たもと》をからげるために長脇差の下げ緒で襷《たすき》をした。汗が落ちないように、と懐からだした手ぬぐいで鉢巻をする。

細い道に足を踏み入れた。身を低くして、足音を立てぬように小走りに進んでゆく。

欅《けやき》の大木の陰に走りこんだ。そこから家をうかがう。距離は三間ほどだ。

静かなものだ。人の気配を探った。

大気をわずかに震わせて、人の動いている感じがする。耳を澄ませると、かすかに人の声が届いてきた。

よし、行くぞ。

手のひらにじっとりと浮いた汗を、着物になすりつけた。それから長脇差を抜いた。

ためらうことなく戸口に駆け寄り、がらりとあけた。

暗い。外の明るさとは比較にならず、文之介は戸惑った。

いきなり殺気が体を覆った。刀が突きだされる光景が脳裏を走り、文之介は体をねじるようにしてかがみこんだ。

左の肩先を刃がかすめてゆく。ぴっと着物が切れる音がした。

待ち構えられていた。

文之介はさとり、次の一撃が来る前に外に逃れようとした。

またも突きがきた。文之介は勘だけで長脇差を動かし、横に弾いた。きん、と鋭い音が響き渡る。

うしろに下がり、以前はこの百姓家の庭だったところに戻った。

あらためて長脇差を正眼《せいがん》に構える。

ゆらりと体を揺らせるようにして外に出てきたのは、若い男だった。かかしが着物を着たようにやせている。

なりは浪人だ。右手にだらりと下げているのは、一見して剛刀だとわかる幅広の刀だ。

戸口に、二人の男がいるのに文之介は気づいた。こちらをのぞき見ている。

文之介は浪人から目を離すことなく、二人の男へ注意を向けた。

一人は、弥生が描いた人相書の男だ。池沢斧之丞の人相書は目の感じが似通っている程度で、文之介たちが本所松倉町界隈をいくらめぐってみても、手がかりをつかめなかったのは当然だった。もっとも、それは池沢のせいではない。

もう一人は見たことのない顔だ。

重助の父親の安房造だろう。顔には不安の色が一杯で、その表情が先ほど目にしたばかりの重助と重なった。

文之介は浪人に神経を集中した。この男は強敵だ。

青い光を灯したような、いかれた目をしているのがなによりの証《あかし》である。

「おぬし、けっこう遣えるではないか。びっくりしたぜ」

浪人がいったが、さして驚いているふうではない。おのれの腕によほど自信があるようで、いまだに刀を構えようとしない。

「俺の敵ではないけどな」

にやりと笑う。頬がひきつったようになり、口許がゆがんだ。

口のあたりに古傷でもあるのかと見まごうような笑いだが、そんなものは見当たらない。生まれつきこういう笑いなのだ。

「行くぞっ」

浪人が突っこんできた。いつの間にか上段に振りあげられていた刀がうなりをあげて、落ちてくる。

恐怖で文之介は目を閉じかけた。うしろに下がりたかった。

だが、そんなことはせず、恐怖を抑えこんで一歩深く踏みだし、がら空きの胴へ長脇差を叩きこんだ。

手応えが伝わるはずだったが、長脇差は空を切った。

再び上段から刀が振りおろされていた。文之介は下がっていては斬《き》られるのをさとり、長脇差を合わせていった。

しかし、浪人の刀は変化していた。胴を狙っている。

しまった、と文之介は思った。こんな単純な手に引っかかるなど。

それでも長脇差を思いきり引き戻した。かろうじて間に合い、浪人の刀は激しく長脇差を叩いた。

その衝撃で、文之介はわずかに体勢を崩された。

そこに浪人はつけこみ、刀を逆胴《ぎゃくどう》に振ってきた。文之介は長脇差をつかうか、体をねじってよけるか、一瞬迷った。

体を動かすほうを選んだが、またも肩先を斬られた。今度は先ほどよりも深い傷だ。

血が流れだしたのがわかった。痛みはない。ただし、これはただ感じていないだけだ。血を見たことで、浪人の目がさらに青く燃えあがった。どうりゃ、と鋭い気合を発し、刀を袈裟《けさ》に振ってきた。

文之介はがきん、と打ち返した。その勢いのまま長脇差を男の肩に打ちこむ。

浪人はかすかに体を揺すってかわし、踏みこんできた。刀が袈裟にくる。

また変化するのでは、と文之介は長脇差をどう動かすか躊躇した。

刀はまともに袈裟に振りおろされていた。あと一瞬、避けるのがおくれていたら、顔面を断ち割られ、絶命していただろう。

「ふむ、やるな」

浪人がつぶやき、文之介を見た。楽しそうな笑みが浮かんでいる。

「だが、もう少しだな」

どうりゃ。また腹に響くような気合を発して刀を袈裟に落としてきた。

文之介はがしんと受けた。これまで感じたことのないような強烈な衝撃が腕に伝わり、文之介は腰が砕けそうになった。

それでも体をねじりざま足を動かし、浪人の横に出ようとした。長脇差を振る。

だがまたも空を切った。

浪人の刀が袈裟に振られた。

文之介はうしろに跳びすさることでかわそうとしたが、浪人の刀はぐいっとのびを見せた。

文之介は面食らったが、かろうじて避けきった。

「なんだよ、まだ足りないのか」

浪人が不思議そうに首をかしげている。

「もう少しか。——行くぞっ」

自らにいいきかせるように口にしてから、浪人が突っこんできた。

袈裟斬りがやってきた。

文之介はかわさずに受けとめ、胴を狙った。浪人はよけずに刀を上段から振るってきた。

文之介は長脇差を途中でとめ、斬撃《ざんげき》に備えるしかなかった。

刃引きの長脇差と刀では攻撃力がちがいすぎる。真剣を相手にしている場合、死の恐怖とも常に戦わなければならない。

刃引きの長脇差相手では斬られるという恐怖がないせいで動きに余裕が生まれ、さらなる鋭い動きを生むのだ。

浪人が刀を振りおろした。文之介は打ち返し、再び胴を狙った。

だがまたも空振りだ。

浪人がふと足をとめ、息を入れた。文之介も同じように呼吸をした。

疲れきっている。鍛錬が足りないのを実感した。そういえば、このところまったく道場に足を運んでいなかった。

「行くぞっ」

浪人が叫ぶようにいい、突進してきた。

胴に振られた刀を文之介は叩き、その勢いのまま長脇差を下段から振りあげた。

きん、と音がして、文之介の長脇差は風に舞いあげられた傘のように力なく上にあがった。

がら空きの胴に刀が迫る。文之介は長脇差を引き戻そうとしたが、間に合わないのをさとり、横にはね跳んだ。

今、体があったところを猛烈な風を残して刀が通り抜けていった。

ざっくりと腹を斬られた光景が脳裏をよぎり、冷や汗が出た。

「しぶといな。おぬし、どこの道場で修業をした」

どうりゃ。浪人が深く踏みこんできた。逆胴だ。

文之介はこれも受けとめ、ぐいと力をこめて押し返した。

長脇差を立てるように起こすと、浪人もそれに合わせてきた。自然、鍔迫《つばぜ》り合いになった。

浪人の顔が間近にある。瞳に燃えている青い炎は、今や黒目全体に広がっていた。汗は、わずかにかいているだけだ。全身が水でもかぶったように濡れている自分とはまったくちがう。

文之介は浪人をにらみつけた。浪人は感情のない目で見返している。

この目は、と文之介は思った。どこかで見たことがある。

思いだした。人ではなかった。子供の頃、ちぎれそうになったしっぽをつまみ、正面から見たとかげの目だ。

「そろそろけりをつけるぞ」

浪人がささやきかけてきた。

「うしろの二人も、なにを手こずっている、と気が気でないだろうからな」

無造作に浪人がうしろに下がった。鍔迫り合いは先に離れたほうが不利とされている。実際そうであるのを、文之介は道場の稽古から知っていた。

この好機を逃すつもりはなかった。罠でもかまわなかった。

これを逸したら、次はいつこれだけの機会に恵まれるものか。

文之介は思いきり踏みこみ、長脇差を胴に振った。

しかし、またも手応えは伝わらなかった。

しかも浪人の姿が消えていた。どこだ。

首をまわした瞬間、文之介は風を切る音を背後にきいた。

待ってたぜ。そんな声も届いた。

まずい。文之介は思いきり前にはね跳んだ。さらに刀が突きだされた気配がした。

文之介は空中で体をねじり、突きを避けた。地面に頭から突っこみ、ごろりと転がった。

長脇差を盾にするようにして、必死に立ちあがる。

浪人はすでに間合にやってきていた。

顔からとうに笑みは消えている。本気で文之介を倒しにかかっていた。

上段からの斬撃をかわし、文之介は長脇差を正眼に構えた。

そこら中から血が出ているのに気づいた。痛みは相変わらずないが、体がいつしか重くなっていた。

血が流れだすとともに、疲労が文之介を包みこみはじめていた。まるで水中にいるかのように、動きにくくなっている。

九

「だいぶ弱ってきたな」

浪人が笑みを見せる。

「それじゃあ、とどめと行くか」

浪人がじりと土音をさせて、近づいてきた。刀を八双《はっそう》に構える。

これまで見せたことのない構えで、文之介はさすがにいぶかしさを覚えた。

あと半歩で間合というところで、浪人がぴたりととまった。ふう、息を大きく吐き、すっと肘を動かした。

いきなり眼前に刀が迫っていた。ぐいっとひとのびし、刃が文之介の体を貫こうとした。

文之介は驚愕した。刀はまさに飛んできたのだ。

だが、浪人は刀をしっかりとつかんでいる。切っ先が強弓から放たれた矢のように見える。

文之介は、次から次へと繰りだされる切っ先の矢のすべてに応じきれなかった。

またもいくつかの傷をつくらされた。それでも命を奪うほどの傷にならないのは、生まれついての勘のよさだった。

ほとんど見えていなかったが、次にどこにくるというのが予測できた。完全に予測できなかったものが、体に傷をつけた。

浪人は疲れを見せず、刀の矢を次々に放ってくる。

文之介はただ下がるしかなかった。

傷はさらに増えてゆく。

文之介はさすがに死を覚悟した。このままではあと数瞬ももつまい。

一人でここまで来るなど、と文之介は自嘲《じちょう》して思った。間抜けたことをしてしまった。

死を覚悟した数瞬がすぎたが、文之介はまだ生きていた。

本当はすでに殺され、魂が抜けた体が戦っているのかもしれない。

そんな錯覚にとらわれたが、腕に伝わってくる長脇差の重みは本物だ。

さすがに浪人も疲れを覚えたか、少し息を入れた。いまいましげに文之介をにらみつけてくる。

「きさま、どこまでしぶといんだ」

唾を吐くように言葉をぶつけてきた。

こんなとかげのようなやつに、と文之介はにらみ返して思った。殺《や》られてたまるか。

俺にはいろんな人がついているんだ。

気力が再び満ちるのを文之介は感じたが、体のほうに力は戻ってこない。長脇差を構えているだけで精一杯だった。

それを見て取ったか、浪人が酷薄そうな笑みを浮かべた。

「ふん、気力だけか」

ずいと足を踏みだす。

「これが最後だ」

浪人が刀を八双に構えた。

くる、と文之介は長脇差をあげようとしたが、腕がかたまってしまっており、長脇差は切っ先がかすかにあがっただけだった。

殺られるっ。文之介は本当に死を考えた。斬られたら痛いのか。それとも、もだえ苦しむことなく、あの世に旅立てるのか。

「文之介っ」

いきなり呼ばれた。

文之介は我に返った。刀が目の前に迫っていた。文之介は頭を下げた。だが、それでよけられたとは思わなかった。

ぎん、と重さを感じさせる音が頭上で響き、火花が散ったのがわかった。

「文之介っ」

誰かがかばうように前に出てきた。いや、誰であるかなどとうにわかっていた。

「生きているか」

「生きていますよ、父上」

そうか、と丈右衛門が安堵の息をつく。

「間に合ってよかった」

丈右衛門が正眼に刀を構える。

文之介は、丈右衛門が刀を抜いているのをはじめて目にした。

さまになっている。微動だにしない。浪人の前に、巨木が立ちはだかっていた。

どうしてここに。そう思いながらも、丈右衛門のうしろにいる文之介は、これ以上ない安らかさを覚えていた。ここにいれば、どんな風が吹いても大丈夫だ。

尻餅をつきたくなるくらい疲れていたが、文之介は丈右衛門と浪人の対決を見守った。

「なんだ、きさまは」

「きいていただろう。父親だ」

「ほう、父子か。老いぼれが。二人そろってあの世に送ってやる」

浪人が刀を八双に構え、肘を動かした。

また刀が矢となって飛ぶのが文之介には見えた。

父上っ。叫びたかったが、喉が焼けており、声はかすかにしぼりだされただけだ。

「甘いっ」

丈右衛門は矢を首をわずかに動かしただけで避け、次の矢も同じようにかわした。

浪人が驚愕する。必死になって刀の矢を繰りだしてきたが、丈右衛門は難なくかわして前に進んでゆく。

父がこれほどまでの腕であるのに、文之介は驚愕した。浪人の剣を完璧に見切ってい
る。

あっという間に距離が縮まり、丈右衛門は袈裟斬りを見舞った。

浪人が刀で受けとめようとしたが、その前に丈右衛門は膝を深く折り曲げていた。

浪人の胴に刀が入る。

ぐえっ。浪人が声を吐きだし、両膝を地面につけた。

斬られたと思ったようで、顔には死の恐怖が刻みこまれている。白目をむいており、
青い炎は消え失せていた。

「峰打ちだ」

丈右衛門がいい捨て、浪人の手から刀を蹴飛ばした。

文之介を振り返る。

「大丈夫か」

「はい」

文之介はよろけていたが、歩くことはできた。浪人にがっちりと縄を打つ。浪人が身
動き一つできないのを確かめ、丈右衛門を見た。

「勇七を捜します」

文之介は戸口に駆けだした。そこにいたはずの二人の男は消えている。

「わしも行こう」

丈右衛門がついてきた。

「勇七っ」

家にあがりこんで、文之介は思いきり叫んだ。喉の痛みは忘れている。

奥のほうからうめき声がきこえた。

ここか。文之介は、ほとんど腐りかけている板戸をあけた。

二人の男がいた。一人は安房造だ。

人相書の男のほうが、畳の上に横たわっている人影に匕首を当てている。

人影は身もだえするように動いている。

「勇七っ」

文之介は駆け寄ろうとした。

「来るなっ」

必死の顔で男が叫ぶ。

文之介は足をとめた。丈右衛門が無造作に追い越していった。

「とまれ、とまるんだ」

丈右衛門が、梁《はり》に当たらないように刀を八双に構えた。

「この期《ご》に及んで人質を殺す気か」

低い声だが、大地を震わせるがごとき迫力に満ちていた。

ひえっ、と声をあげて安房造が立ちあがる。もう一人もつられて立った。二人は同時に体をひるがえした。

丈右衛門がすすっと前に動いて二人の前途をさえぎり、刀を振りおろそうとした。怒りをのせている。

「待ってください」

文之介は手をあげて、丈右衛門をとめた。

しゃがみこみ、頭に手を当てていた二人が、こわごわと丈右衛門を見る。

文之介は喉の痛みを我慢して、声を発した。

「安房造、俺がどうしてここにやってこられたか、わかるか」

名を呼ばれたことに、安房造は目を大きくひらいた。

「重助がおまえのことを案じて、案内してくれたんだ」

「えっ、せがれが」

安房造がまわりを見渡す。

「いるんですかい」

「いや、おらん」

「いや、いるんだ」

丈右衛門がいった。

「わしがここに来られたのも、お師匠さんと重助の案内があったからだ。二人には、竹藪で待っているようにいっておいた」

そうだったのか、と文之介は思った。

「でも、どうして父上は……」

「そいつはな――」

丈右衛門が、安房造ではないほうの男に顎をしゃくった。

「島右衛門というんだ。島右衛門が北本所を根城《ねじろ》にしているのがわかり、わしはきたんだ。そしたら、お師匠さんと重助に出くわした」

「父上は、弥生ちゃんをご存じでしたか」

「一度、湯屋の帰りに顔を見たことがある。あのときお師匠さんは、おまえと一緒に歩いていたな」

文之介は思いだした。そんなこともあった。

しかし、さすがに丈右衛門だ。あのとき夜目にちらりと弥生の顔を見ただけのはずなのに、覚えていたとは。

「文之介、さっさとふん縛れ」

文之介は捕縄を取りだし、二人に縄を打っていった。

これでよし。

文之介は急いで勇七を抱き起こし、猿ぐつわを取った。

「生きているか」

「旦那、おそいですよ」

意外に元気な声だ。

「すまんな」

文之介は謝った。

勇七が目をみはる。

「傷だらけじゃないですか」

「おまえこそ」

顔中が腫れているが、とにかく勇七の無事な姿を目の当たりにできて、文之介は涙が出そうになった。

「しかしこんな連中にかどわかされるなんぞ、まったくどじな野郎だぜ」

「すみません」

勇七が頭を下げる。

「いいよ、勇七、顔をあげろよ」

勇七の目は真っ赤だ。

それを見た文之介は、胸に突きあげるものを感じた。ついにこらえきれなくなった。涙がとめどもなく出てきた。

勇七がやさしく背中をさすってくれる。

「旦那、泣かないでください」

しかし涙はとまらない。いくらでも出てきて、畳を濡らした。

「旦那、これじゃあ、どっちが助けられたんだか、わからないですよ」

そう苦笑したが、勇七も涙が頬を伝っている。

十

島右衛門は兵作殺しも白状した。

村中章之介は、もともと京極家上屋敷の定府《じょうふ》の侍のせがれだった。

だから、上屋敷で暮らしていた弥生のことを知っていたし、恋心を抱いていたのだ。

章之介の父は、一連の抜け荷の責任を負って腹を切った。幼い頃に母を失っていた章之介は一人、放逐された。

弥生が島右衛門のことを、どこかで会っているような気がしますといったのは、島右衛門が京極家の上屋敷を訪れたとき、見たことがあったからだろう。

島右衛門と章之介の二人は死罪に決まったが、安房造は島右衛門に引きずられていただけ、という理由から、罪一等を減じられ、遠島《えんとう》に決定した。

青山がだしてくれた三千両はあのあばら屋で見つかり、無事に金蔵に戻された。

すべての顚末《てんまつ》を、屋敷にやってきたお春に文之介は話した。

「重助は泣いたけどな」

「そうでしょうね」

お春がじっと見つめてくる。

「遠島の定めは、お奉行がくだされたのよね」

「そうだ」

「でも、いくら島右衛門という人のいいなりになったからって、ふつうなら死罪でしょう」

「そうだろうな」

「文之介さん、あなた、なにかお奉行にいったんじゃないの」

「俺が。そりゃ無理だな。俺から見れば、お奉行は殿上人《てんじょうびと》だぞ。仮にいえたところで、俺の頼みなどきくわけがない」

「そりゃそうよねえ」

お春は首をひねった。

文之介としては、ひそかに丈右衛門が手をまわしたのでは、という気がしている。文之介自身、安房造の刑を減ずるように又兵衛に嘆願したが、それだけではないのではないか。

丈右衛門くらいになれば、奉行にじかにいえるにちがいない。

「ねえ、文之介さん」

お春が呼びかけてきた。少し怒ったような顔をしている。

「どうして身の代の三千両、うちに頼まなかったのよ」

「ああ、それか。お春と藤蔵に頼みに行く途中、お克に会っちまったんだ。だから、しようがなかったんだ」

「会ったのは本当に偶然なの」

「偶然さ。そうに決まっているだろ」

文之介はいいきった。これは嘘ではないから、自信を持っていえる。

勇七によると、お克は以前のように太ったらしい。お春に会わせてみても、きっと同一の者とは信じないだろう。

もっとも、そのことを勇七はうれしがっている。なにしろ、喜び勇んで文之介に知らせに来たくらいなのだから。

「勇七さんと弥生さんはどうなったの」

「勇七の気持ちは変わらねえみたいだな」

「そう、むずかしいものね」

お春がまた見つめてきた。

「なんだい、その目は」

「弥生さんの前で、かっこいいところを見せたんでしょ」

「かもしれねえな」

「もしかして、弥生さんがあなたのことを、なんてことはないの」

「えっ」

考えたこともなかった。

「あり得るかもな」

「ふーん、そういうことというの」

「なんだ、焼いているのか」

「まさか」

つんと横を向く。そんな仕草もかわいく、文之介は見とれた。

「ねえ、おじさまはどこに行ったの」

話題を変えるようにきく。

「さあな。今日は朝からいねえんだ」

「お知佳さんのところかしら」

「そうだろうな。なんだ、お春、親父のことなんかどうでもいいみたいだな」

「そんなことはないわよ」

お春が強い眼差しを当ててきた。

「助けてもらったんでしょ」

へん、と文之介はいった。

「助太刀《すけだち》なんか、いらなかったんだ」

「そんな強がりいって」

「強がりじゃねえよ」

「はいはい、そういうことにしておきましょう」

それにしても、と文之介は思った。あのときの丈右衛門はすさまじかった。今思いだしても胸が震える。

以前、文之介は丈右衛門の命を執拗《しつよう》に狙う浪人から父の危機を救ったことがあったが、あれだけの腕があるなら、あのとき助けは必要なかったはずだ。

おそらく村中章之介と対峙《たいじ》したときの丈右衛門の心持ちは、特にちがっていたのだろう、と文之介には見当がついている。

せがれを殺そうとした者に対して、嵐のような怒りを心に渦巻かせていたのだ。それが丈右衛門を無敵にさせたにちがいない。

「傷のほうはどうなの」

「やっと心配してくれたか」

文之介は顔をしかめた。

「正直、まだ痛い。いくつも傷をつけられて、治りきっていないからな」

「大丈夫なの」

心から案じてくれている光が、瞳に宿っている。

「当たり前さ。死にやしないさ」

「よかった、生きていてくれて」

お春は目に涙を浮かべている。

「これから道場に繁く通うつもりだ。一所懸命、腕を磨く」

「おじさまは筋がいいっておっしゃっているから、がんばればいいところまで、行くかもしれないわね」

「まあな」

剣術のことはなにも知らないお春に、文之介は苦笑するしかなかった。

お春がつくってくれた夕餉を取り、二人で食事をした。

お春はご飯をよそい、味噌汁を手渡してくれた。

いつもしてくれていることにすぎないが、二人きりというのは夫婦《めおと》になったような気分で、文之介は天にものぼる心地だった。

ああ、はやくこんな日が来ないかなあ。

「どうしたの」

お春にいわれ、文之介は我に返った。

「いや、なんでもない」

お春が軽くにらむ。

「また、どうせろくでもないこと、考えていたんでしょ」

「ききたいか」

「いいわよ、別に」

無言のときが流れた。

行灯の火に当てられるお春の横顔がとても美しく、文之介は下腹が熱くなった。お春を押し倒したい気持ちになった。

そんなことしたら、どうなるか。文之介は馬をなだめるように、口のなかで、どうどう、といった。

「帰るわ」

お春が立ちあがる。

「そ、そうか」

お春が不審げに見た。

「なに、声がおかしいわよ」

「い、いや、なんでもない」

文之介は立てなかった。

「送ってくれないの」

「その気持ちはあるんだが、ちょっと都合というものがあってな」

文之介は着物の裾を直すふりをして、確かめた。もう大丈夫だ。

ゆっくりと立ちあがる。

「変な人」

提灯に火を入れ、二人で外に出た。道を歩きだす。

なにも話すことはなかった。文之介は、こうして黙って歩いていても、気持ちが通い合っているのを感じている。

やがて三増屋が見えてきた。

どうしようか。文之介は迷った。

店の前まで来た。あたりには人影がまったくない。

ええい、ままよ。
お春に向き直り、手を握った。お春は驚いた顔をしたが、あらがわない。
それに力を得て文之介は顔を寄せ、口を吸おうとした。お春は目を閉じている。
やった。
文之介は心のなかで小躍りした。
だがそのとき、魔が差した。なぜか腕が、お春の尻にのびていったのだ。
さわさわ。
「なにするのよ」
ばしん、という強烈な音。左の頬が火でも当てられたように熱くなった。
「馬鹿」
いい捨ててお春が体をひるがえす。くぐり戸があき、姿を消した。
ああ。
文之介は呆然と右手を見た。
おまえ、なんてこと、してくれるんだ。

二〇〇六年二月　徳間文庫

光文社文庫

長編時代小説
鳥《とり》かご　父子十手捕物日記《おやこじってとりものにっき》
著者　鈴《すず》木《き》英《えい》治《じ》

2020年11月20日　初版1刷発行

発行者　鈴木広和
印刷　堀内印刷
製本　榎本製本

発行所　株式会社　光文社
〒112-8011　東京都文京区音羽1-16-6
電話（03）5395-8149　編集部
8116　書籍販売部
8125　業務部

落丁本・乱丁本は業務部にご連絡くだされば、お取替えいたします。

ISBN978-4-334-79116-2　Printed in Japan

組版　萩原印刷

光文社時代小説文庫　好評既刊

つなぐ鞠　知野みさき
駆ける百合　知野みさき
読売屋天一郎　辻堂魁
冬のやんま　辻堂魁
倅の了見　辻堂魁
向島綺譚　辻堂魁
笑う鬼　辻堂魁
千金の街　辻堂魁
夜叉萬同心　冬かげろう　辻堂魁
夜叉萬同心　冥途の別れ橋　辻堂魁
夜叉萬同心　親子坂　辻堂魁
夜叉萬同心　藍より出でて　辻堂魁
夜叉萬同心　もどり途　辻堂魁
夜叉萬同心　本所の女　辻堂魁
夜叉萬同心　風雪挽歌　辻堂魁
ちみどろ砂絵　くらやみ砂絵　都筑道夫
からくり砂絵　あやかし砂絵　都筑道夫

臨時廻り同心　山本市兵衛　藤堂房良
霞の衣　藤堂房良
赤猫　藤堂房良
死笛　鳥羽亮
秘剣水車　鳥羽亮
妖剣鳥尾　鳥羽亮
鬼剣蜻蜓　鳥羽亮
死顔　鳥羽亮
剛剣馬庭　鳥羽亮
奇剣柳剛　鳥羽亮
幻剣双猿　鳥羽亮
斬鬼嗤う　鳥羽亮
斬奸一閃　鳥羽亮
あやかし飛燕　鳥羽亮
鬼面斬り　鳥羽亮
幽霊舟　鳥羽亮
姫夜叉　鳥羽亮

光文社時代小説文庫　好評既刊

兄妹剣士　鳥羽亮
ふたり秘剣　鳥羽亮
居酒屋宗十郎剣風録　鳥羽亮
獄門首　鳥羽亮
よろず屋平兵衛　江戸日記　鳥羽亮
伊東一刀斎（上之巻・下之巻）　戸部新十郎
秘剣水鏡　戸部新十郎
秘剣龍牙　戸部新十郎
火ノ児の剣　中路啓太
いつかの花　中島久枝
なごりの月　中島久枝
ふたたびの虹　中島久枝
ひかる風　中島久枝
それぞれの陽だまり　中島久枝
はじまりの空　中島久枝
刀圭　中島要
ひやかし　中島要

晦日の月　中島要
夫婦からくり　中島要
ないたカラス　中島要
戦国はるかなれど（上・下）　中村彰彦
蛇足屋勢四郎　中村朋臣
忠義の果て　中村朋臣
野望の果て　中村朋臣
黒門町伝七捕物帳　縄田一男編
御城の事件〈東日本篇〉　二階堂黎人編
御城の事件〈西日本篇〉　二階堂黎人編
薩摩スチューデント、西へ　林望
裏切老中　早見俊
隠密道中　早見俊
陰謀奉行　早見俊
唐渡り花　早見俊
心の一方　早見俊
偽の仇討　早見俊

光文社時代小説文庫　好評既刊

関八州御用狩り　幡大介
仇討ち街道　幡大介
風雲印旛沼　幡大介
夕まぐれ江戸小景　平岩弓枝監修
しのぶ雨江戸恋慕　平岩弓枝監修
隠密刺客遊撃組　平茂寛
剣魔推参　平茂寛
口入屋賢之丞、江戸を奔る　平谷美樹
隠密旗本　福原俊彦
隠密旗本荒事役者　福原俊彦
隠密旗本本意にあらず　福原俊彦
鬼夜叉　藤井邦夫
見聞組　藤井邦夫
彼岸花の女　藤井邦夫
田沼の置文　藤井邦夫
隠れ切支丹　藤井邦夫
河内山異聞　藤井邦夫

政宗の密書　藤井邦夫
家光の陰謀　藤井邦夫
百万石遺聞　藤井邦夫
忠臣蔵秘説　藤井邦夫
御刀番左京之介妖刀始末　藤井邦夫
来国俊　藤井邦夫
数珠丸恒次　藤井邦夫
虎徹入道　藤井邦夫
五郎正宗　藤井邦夫
備前長船　藤井邦夫
九字兼定　藤井邦夫
関の孫六　藤井邦夫
井上真改　藤井邦夫
小夜左文字　藤井邦夫
無銘刀　藤井邦夫
正雪の埋蔵金　藤井邦夫
出入物吟味人　藤井邦夫

光文社時代小説文庫　好評既刊

阿修羅の微笑　藤井邦夫
将軍家の血筋　藤井邦夫
陽炎の符牒　藤井邦夫
忍び狂乱　藤井邦夫
赤い珊瑚玉　藤井邦夫
神隠しの少女　藤井邦夫
白い霧　藤原緋沙子
桜雨　藤原緋沙子
密命　藤原緋沙子
すみだ川　藤原緋沙子
つばめ飛ぶ　藤原緋沙子
雁の宿　藤原緋沙子
花の闇　藤原緋沙子
螢籠　藤原緋沙子
宵しぐれ　藤原緋沙子
おぼろ舟　藤原緋沙子
冬桜　藤原緋沙子

春雷　藤原緋沙子
夏の霧　藤原緋沙子
紅椿　藤原緋沙子
風蘭　藤原緋沙子
雪見船　藤原緋沙子
鹿鳴の声　藤原緋沙子
さくら道　藤原緋沙子
日の名残り　藤原緋沙子
鳴き砂　藤原緋沙子
花野　藤原緋沙子
寒梅　藤原緋沙子
秋の蟬　藤原緋沙子
逃亡（上・下）新装版　松本清張
雨宿り　宮本紀子
始末屋　宮本紀子
きりきり舞い　諸田玲子
相も変わらず　きりきり舞い　諸田玲子